LOCUS

LOCUS

LOCUS

LOCUS

to

fiction

to 67

女神記

The Goddess Chronicle

作者：桐野夏生 Kirino Natsuo

譯者：劉子倩

責任編輯：江怡瑩 美術編輯：蔡怡欣

校對：呂佳真

法律顧問：全理法律事務所董安丹律師

出版者：大塊文化出版股份有限公司

台北市105南京東路四段25號11樓

www.locuspublishing.com

讀者服務專線：**0800-006689**

TEL：(02) 87123898 FAX：(02) 87123897

郵撥帳號：18955675 戶名：大塊文化出版股份有限公司

總經銷：大和書報圖書股份有限公司

地址：台北縣五股工業區五工五路2號

TEL：(02) 89902588 FAX：(02) 22901628

排版：天翼電腦排版印刷有限公司 製版：源耕印刷事業有限公司

初版一刷：2010年10月

定價：新台幣260元

Printed in Taiwan

The Goddess Chronicle
女神記

桐野夏生 Kirino Natsuo 著
劉子倩 譯

目次

從《古事記》到《女神記》

李長聲

經濟全球化，出版也不能置身其外，譬如「新編世界神話」計畫，就是由一位英國出版人於二〇〇五年發起，三十二個國家的三十四家出版社聯手行動，約本國具有代表性的作家重述古老神話，在全世界出版各種語版。拿神話編新故事，魯迅的《故事新編》也堪為先例。從神話或民間故事取材更是日本作家常用的手法，例如大江健三郎，很愛寫故鄉森林的傳說。誠如發起人所言，「神話是一切故事的源頭」，但何謂神話，似乎該計畫沒有界定。女媧補天是神話，孟姜女哭倒長城應屬於民間故事，這民間二字往往便暗含反抗非民間即統治階級的意味。神話具有功用性，應邀執筆的作家也著眼於此，認為單靠理性與科學不能解決現代社會的所有問題，如何面對困難，可以獲啓於神話。被重述一新，實質上不再是古來流傳的神話。

「新編世界神話」的日本「選手」是女作家桐野夏生。她說：「想像力培育愛，創造新神話在這一意義上是有益的，神話就是人想像力結晶的故事之母。」

桐野的神話取自日本現存第一部史書《古事記》。

七世紀後半，大海人皇子平息了壬申之亂，登基爲天武天皇。他認爲傳承的「帝紀」、「舊辭」虛僞不實，便「削僞定實」，令「爲人聰明，度目誦口，拂耳勒心」的稗田阿禮誦習。過了三十多年，元明女帝詔太安萬侶（此人墓誌一九七九年在奈良出土）用文字撰錄阿禮所誦，於七一二年編成《古事記》三卷。是年，大海彼岸的中國，李隆基即位，開大唐盛世。八年後，拿中國編年體史書做樣本，用正規的漢文撰修《日本書紀》三十卷，以此爲正史，而《古事記》要待到江戶時代，探究儒學佛教傳來以前的日本固有文化及精神的國學勃興，才得到青睞。

《古事記》滿紙漢字，但有的用其義，有的取其音，表記日本語，即所謂變體漢文，極爲難解。書中第一位天皇叫「神倭伊波禮毗古」，《日本書紀》寫作「神日本磐余彥」——磐余可能是都城，彥是男子的美稱（讀若日子）。奈良時代貴族們覺得這麼一長串日本名字不好看，命一個叫淡海三船（天智天皇五世孫）的學者照中國改，給古代天皇都取了兩個字的美名，這位就稱作神武天皇。

神武天皇之前爲「神代」，也就是神話時代，之後爲「人代」。《日本書紀》記載神武天皇於公元前六六〇年二月十一日踐祚，明治初年定此日爲紀元節，戰敗後廢除，一九六六年恢復，改叫「建國紀念日」。《古事記》神話不含有史實，也不是民眾的神話，天孫降臨、神武東征之類的建國神話其實是後世有意編造的，以證明天皇統治日本的正當性。日本神話也因之有一大特色，那就是完整，首尾俱全，不像中國神話散見於典籍，東鱗西爪。

神祇八百萬，天地初始時最先出現的元始之神是「天之御中主」，它是獨神，不具有性。「神世七代」，最後出現「伊耶那岐」和「伊耶那美」（《日本書紀》寫作「伊奘諾尊」、「伊奘冉尊」），這二神成形，一個有一處多出來，一個有一處沒合上，也就是一男一女，爲性交之始。有人說「伊耶那」的意思源於引誘，女神伊耶那美先引誘，生下殘障兒，改爲男神伊耶那岐先引誘，生下一塊塊國土「大八島」（日本列島），以及山川草木等自然之神。伊耶那美生火神時被燒傷，命赴黃泉，伊耶那岐要把她領回來。伊耶那美已吃了黃泉國的食物，嘗試復生，告誡伊耶那岐「請勿視吾」。伊耶那岐忍不住偷看，但見一具生蛆的屍體，嚇得逃離。惱羞成怒的伊耶那美派眾雷神追趕。在陰間與陽世的境界「黃泉比良坂」，伊耶那岐摘下三個桃子，擊退了追兵。伊耶那美親自追來，伊耶那岐用巨石阻斷黃泉比良坂，夫婦絕緣。伊耶那美說：我每天絞殺你國中一千人。伊耶那岐說：那我就每天生產一千五百人。

這神話讓我們不由得聯想起魏晉志怪小說，那些超然往來於生死時空的故事。例如相信「神道之不誣」的《搜神記》，講一個叫談生的漢朝讀書人，中年未娶，竟然有美少女自動上門，但他不聽話，夜半舉燭，照見嬌妻下半身原來是枯骨，從此生死兩隔，如同黃泉比良坂被巨岩隔斷。《古事記》指明黃泉比良坂所在，即「今出雲國之伊賦夜坂」，但黃泉本來是中國民間信仰，或許此類故事早在卑彌呼時代就傳入日本，演變為大和民族的神話。關於桃子，《日本書紀》明言「此用桃避鬼之緣也」，日本研究者認為桃子從中國傳來，也隨之傳來了附著其上的道教思想。

《古事記》基本是記述日本傳承，收入很多歌謠，比較有文學色彩，中國影響不明顯。《日本書紀》的神話世界卻是以來自中國的陰陽思想為基礎而建構的，「古天地未剖，陰陽不分」，「乾坤之道，相參而化，所以成此男女」，云云。伊耶那岐是陽神，伊耶那美是陰神，相對而相成，所以伊耶那美在《日本書紀》中沒有死。桐野夏生的《女神記》重述《古事記》神話，但是用陰陽說編排故事，神與人並死，死生玄通。主人公波間的家鄉是「海蛇島」，這小島在大和國遙遠之南，是太陽最早升起的地方。島上有陳規：生在大巫女家，與巫女隔一代的長女事光明之國，守護島的白晝，次女事幽冥之國，守護島的黑夜。島的黑夜是死人們居住的世界。長女要生女兒，不絕大巫女血統，次女則限於一代，不許跟男性交媾。波間就生在大巫女世家，上有姐姐加美空。受「真人」誘惑，波間違犯島規，並隨他出逃，在海上生下女兒「夜宵」。被真人扼殺，波間魂落黃泉國，侍奉伊耶那美。女神告訴她：最初世界分成天和地，然後一切都分成兩個，一點點形成世界。天與地，男與女，生與死，晝與夜，明與暗，陽與陰，為什麼分成兩個呢？因為只一個不夠，合二而一才生出新東西。而且，一個的價值靠相反的價值來顯現，雙方俱在才產生意義。這一套陰陽之說把人世與神界統一起來，波間的意識也藉以昇華、完成，不至於遊魂般無所著落。

《古事記》神話的魅力也在於眾神帶有人情味，桐野筆下的伊耶那美就是個完全被怨恨支配的女神，當失去愛情時，她覺得以往的創造也只是徒勞。黃泉國裡人神共處，更像是相依為命。死不瞑目的人才會來到黃泉國，波間死後也一心想要了解眞人扼殺她的眞正意圖，不顧二次死亡，化作黃蜂，飛回海蛇島。得知眞人從頭到尾利用她，拯救了被詛咒的家庭，並且娶加美空為妻，波間由愛生恨，奮身螫死他。

波間施加了報復，卻嘗到另一種空虛，即使殺死了對方，憎恨和憤怒也不會消失。怨恨的感情一旦點燃，就難以熄滅。不過，人的感情是多變的，尤其在達到目的之後。眞人不僅殺死她，而且把本該是陽的親生女兒頂替為陰的幽冥巫女，並導致加美空投海自殺，對這樣的惡靈，波間也幾乎要化解怨恨，然而神是某一種感情的化身，不可能改變。上帝不寬恕，人類就永遠贖罪。

「波間，妳的怨恨消失了嗎？」

「不知道，女神的怨恨呢？」

「絕不可能消失。謳歌生之快樂的人不會明白被趕進黃泉國的人的心情。今後也抱怨懷恨，把他們殺光。」

伊耶那美和伊耶那岐是陰陽一對，他們曾共同創造萬物，然後分管生死，都成爲「大神」。黃泉污穢地，伊耶那岐生還後用水洗淨，修禊事也，從左眼生出天皇家祖神天照大神。潔與穢，界定並隔絕生死，這個陰陽觀念是神道的根基，也貫穿《女神記》。小說裡的伊耶那岐在世間生產人，感受到神不能死的痛苦，最終用殺死人的方法使自己變成人。神變成人，有了生老病死，才能理解人，才能愛戀人。但作爲人的伊耶那岐死在了伊耶那美的面前，陰陽平衡被破壞，今後就只有伊耶那美依舊潑黑水，世上每天死掉一千人。

桐野夏生生於一九五〇年，二十四歲和作家村上龍結婚，懷孕時開始寫小說，以推理出名，一九九九年獲得直木獎。二〇〇八年出版《女神記》，獲得第十九屆紫式部文學獎（宇治市主辦）。想作爲小說家轟轟烈烈地活，漂漂亮亮地死。

序文作者：李長聲，曾任日本文學雜誌編輯、副主編。一九八八年起僑居日本，任職出版教育研究所，專攻日本出版文化史。為北京《讀書》雜誌及上海、廣州、台北等地的報刊撰寫專欄，是東京華文媒體的主要作家。

The Goddess Chronicle
女神記

第一章　今日斯日

1

我名爲波間。生於遙遠的南島，是個在十六歲那夜早夭的巫女①。這樣的我，如今之所以會住在地下的死者之國，說出這種話，唯一的理由當然是女神大人的旨意。說來奇妙，現在的我，比起生前更有鮮活的情感，因那種情感而激發的話語、曲折經歷，都在此身具足。

不過，我敘述的故事，是爲了獻給我在死者之國伺候的女神大人。不管是被怒火染紅雙頰，或爲生之憧憬而顫抖，這一切，無非皆是表達女神大人心情的話語。就跟日後出現在女神大人駕前，負責敘述眾神故事的稗田阿禮②一樣，我是個忠心效命女神大人

①譯註：服侍神明傳達神意的女子，通常是未婚的處女。

的巫女。

女神大人的名諱，乃是伊邪那美神。我聽說，「伊邪」帶有「來吧，好戲正要開始」的誘人之意，而「美」是指女人。據聞女神大人的丈夫伊邪那岐神的「岐」是代表男性的字眼，那麼伊邪那美神正是女人中的女人。若說伊邪那美神承受的命運，是這個國度的女人蒙受的命運，此言絕不爲過。

來吧，好戲正要開始，就讓我說出伊邪那美神的故事吧。首先在那之前，得先從我的故事說起。說說我的人生是何等奇異又短暫。還有，我是如何來到伊邪那美神身邊的，且容我娓娓道來。

我生長的地方，是個遠在大和國南方、位於多島海中、偏居最東端的小島。如果划著小舟前往，從大和得耗費將近半年的時間才能抵達。不過，位於最東端，也就表示我生長的小島，是全世界太陽最早升起、西沉的地點。因此，在多島海是眾所周知神明初臨人世的地點，雖是小島卻被視爲聖島，自古以來備受尊崇。

大和是北方的大國。遲早，多島海也會納入大和國的統治之下，但在我還活著時，仍是由古老的神祇統領諸島。我們信奉的神，是偉大的大自然，是與我們血脈相承的祖先，是浪是風是砂是石，是無處不在的至高存在。雖然沒有具體的形象，但在每個人的心中，自有神的樣貌。

比方說，年幼的我經常想像的，是外形溫柔的女性神祇。這位女神，雖然有時會在憤怒之下掀起狂濤巨浪，但平時賜給我們大海與土地的收穫，無比慈愛地守護前往遠洋捕魚的男人。或許，我會有這種想像是受到我那嚴厲的祖母美空羅大人的影響。關於美空羅大人，今後我會一一詳述。

我們的島，宛如細長淚滴，形狀奇妙。北邊的岬角尖如標槍前端，而且形成懸崖峭壁突出海中。隨著山壁伸向小島底部，斜度逐漸平緩，海岸線也徐徐圓融不再險峻。小島南側的底部，和海水高度相差無幾，因此一旦大海嘯來襲，南側恐將全面遭到海浪沖刷。而且，小島迷你得即便以婦孺的腳力，也不需半日便可繞行一周。

小島南方，珊瑚碎裂後形成的雪白細沙，打造出無數個在陽光下瑩然晶亮的美麗海

②譯註：天武天皇的貼身侍從，生卒年不詳，推估約為七世紀後半至八世紀初的人物，奉天武天皇之命誦習帝紀與先代舊辭。和銅四年（七一一），元明天皇命太安萬侶將阿禮誦習之內容編纂成冊，是為《古事記》。此外，阿禮出自代代進貢下級女官的猿女氏，因此有人說阿禮是女性，也有人認為阿禮既是「貼身侍從」可見應是男性，在本書中，是以女性身分出現。

灘。蔚藍的大海與白沙，豔黃的黃槿怒放，瀰漫著月桃香氣的海灘。那是美得幾疑不在人間的海灘。島上的男人，自那片海灘出航，進行捕魚和交易。並且，一去半年仍未歸來。有時漁獲不佳，或遠至他島交易時，甚至一出海就是一年。

男人們駕船載著在島上捕獲的海蛇與貝殼，與更南方的島嶼交換紡織品及罕見的水果，偶爾也會交換白米回來。小時候，那是我們最大的期盼，我和姐姐，甚至天天去海邊觀望父兄歸來與否。

小島南邊，遍地盡是南國花木，充滿令人喘不過氣的生命光輝。榕樹的氣根在夾沙的泥土上蜿蜒，紅木荷③的參天巨木和檳榔的葉子遮蔽豔陽，湧泉旁邊群生著水車前④。雖然食物不多，生活非常貧瘠，但是百花怒放，唯有風景是美麗的。險峻的山崖上綻放白色鐵砲百合，到了傍晚就會變色的黃槿，還有紫色的馬鞍藤⑤。

不過，包含北邊岬角的小島北側就截然不同了。雖有看起來就很適合栽培作物的豐饒黑土，但長滿棘刺的林投樹密密麻麻地覆蓋地表，堅拒入侵者。抗拒外人入侵的，不只是陸路。若想從海上登陸，也絕無可能。北方的海域，和南邊的美麗海灘不同，不僅海流湍急而且很深，拍打斷崖的海浪，也非常猛烈。正因如此，人們深信，能從北邊登陸者，唯有天神。

但是，路倒是有一條。那是一條將林投樹林一分爲二，勉強可容一人通過的小徑。

那條小徑，據說一路通往北方岬角。但是，誰也無法確定。因爲能走進那條路的，在這島上僅有大巫女一人。自古以來人們傳言，北方岬角是神明降臨的聖地。

我們居住的南邊聚落，和禁止進入的北邊聖地，是以被稱爲「神聖標記」的黑色巨岩爲界，巨岩下方，設有石頭堆疊而成的小祭壇。光是看到「神聖標記」後方，白晝仍顯陰森的小徑與祭壇，孩子們就會渾身哆嗦，嚇得落荒而逃。這不只是因爲大人吩咐過，只要越過「神聖標記」必將遭受懲罰，也是因爲想都想像不出前方會有什麼，因此心生恐懼。

島上的禁忌，還有別椿。有幾處聖地平時只容成年女性進入。例如位於島東的淸井戶，位於島西的網井戶。那些都是聖地。淸井戶，就在大巫女居住的、伸入海中的小岬角旁。而網井戶，是死者的廣場。在島上，凡是死掉的人都會被抬去網井戶。

③譯註：Schima wallichii Korth，山茶科常綠喬木，初夏開白花，為沖繩固有品種。

④譯註：Ottelia alismoides Pers.，水鱉科一年生水草，夏季開微泛淡紫色的白色三瓣花。

⑤譯註：Ipomoea pes-caprea，又名厚藤海灘牽牛，旋花科匍匐性多年生草本海濱植物，長年開淺紫色漏斗形花朵。

清井戶和網井戶，據說分別位於小島東西兩側茂密的林投與榕樹密林中，是形如圓形廣場的場所。據說最不可思議的，就是明明沒人割草但那塊地面卻自成圓形。我曾聽說，兩個聖地附近都有湧出淡水的水井，因此才被稱爲清井戶與網井戶，但詳情不得而知。而且，不知爲何，除非舉行葬禮，否則男性與孩童一律禁止進入。

等我長大後也可以進去，所以我很想早點知道，裡面究竟藏了什麼，懷著這樣的不安與期待，我會從外面偷偷眺望在密林中開了一個小口的祕密場所。但是，對於號稱死者廣場的網井戶，我畢竟還是畏縮不前。

我們的島，沒有特別的名稱。我們都習慣就稱之爲「島」。但是，出海捕魚的男人，遇到別島的漁船，被問起「來自何處」時，聽說他們總是回答「來自海蛇島」。據說，別島的人聽了，往往立刻垂頭默禱。我們的小島曾有神明降臨的傳言，早已在南海居民之間傳遍。而且，據說就連只有十人居住的迷你小島都知道這個傳言。

被稱爲「海蛇島」的由來，是因爲島上盛行抓海蛇。那種黑底黃紋的美麗海蛇，被我們稱爲「長繩大人」。「長繩大人」每逢春天，便會聚集在小島南方的海中洞窟產卵。然後，島上的女人就會全體出動，赤手空拳地捕捉。抓到的「長繩大人」會被關進籠中，放入倉庫。可是，「長繩大人」的生命力很強，即使抓上岸將近兩個月後依然活著。等到確定終於死掉了，便會拿到海灘上曬乾，做爲與別島交易的珍貴商品。我曾聽說海蛇營養豐富，非常美味，但我們難得有機會嘗到。

小時候，我曾去昏暗的倉庫看過「長繩大人」。被關在籠子裡的「長繩大人」，雙眼在黑暗中璀璨發光。母親說，漸漸乾涸的痛苦，會令「長繩大人」全身流出油脂吱吱哀叫。對此，我既不感到殘酷，也沒有任何感覺，我只是天真地暗想，總有一天自己也會捕捉大量海蛇，讓從早到晚工作不休的母親輕鬆一點，並且獻給我那神聖的祖母。

抓海蛇主要是女人的工作。不僅如此，飼養島上爲數不多的山羊，在海邊撿拾貝殼和海藻，也都是由留在島上的女人負責。不過，女人最重要的工作，還是虔心祈禱，祈求出海捕魚的男人平安無事，也祈求島上繁榮。由尊稱爲大巫女、地位最高的巫女指揮儀式進行。

事實上，我的祖母美空羅大人就是大巫女。換言之，我生在島上地位最崇高的大巫女之家。唯有美空羅大人，可以隻身越過「神聖標記」，進入北方岬角。附帶一提，我家被稱爲海蛇一族，相較於島長負責排解紛爭、執行決定的事項，我家是代代出產大巫女的家族。

雖然，我生在島上最崇高的巫女之家，但我那時只是個天眞爛漫的小孩。小時候，我啥也不懂，總是與姐姐加美空一起玩耍。我家兄弟姐妹共有四人，上面還有兩個年紀相差很多的哥哥，但他倆長年在海上捕魚，幾乎見不到面，連長相都快記不得了。而且，又是同母異父，所以多多少少會覺得手足情分很淡。

加美空與我，是只差一歲的好姐妹。全族的男人都出海捕魚後，我倆就成天形影不離地玩在一塊。有時去清井戶旁的海岬，有時走下美麗的海灘趁著退潮抓螃蟹，倒也自得其樂。

加美空的體型高大，是島上最聰穎的小孩。而且，比起島上任何人，她的五官深邃膚色白皙，是個大眼睛令人印象深刻的美麗孩童。她機靈貼心又溫柔，頭腦也很聰明，連唱歌都好聽。相差一歲的我，無論在哪做什麼，從來沒有贏過加美空。我比任何人更愛加美空，事事依賴她，總是跟在她屁股後面到處走。

但是，我也不太會形容，總之我察覺到某種似乎開始漸漸不同的徵兆。不，是眞的。比方說，島民看我和加美空的眼神，漸漸出現微妙的不同。而我，又是從什麼時候開始感到，長期出海總算歸來的男人們對待我倆的態度，好像也明顯不同呢？每個人，似乎都在關注加美空的動向，只把加美空一個人視若珍寶。

一切眞相大白，是在加美空滿六歲的生日當天。爲了出席生日宴會，父親和叔伯、兄長們特地自海上歸來。已臥病在床好一陣子的島長也撐著拐杖出現，宴會非常熱鬧豪華。全島的人都受邀來到我家。

當然，屋內容納不下全部島民，只好擠到院子裡。而鋪開的草席上，源源不絕地放上前所未見的佳餚。那是母親和女性親戚們全體出動，耗費多日烹調的大餐。宰了好幾頭山羊，攙有海蛇蛋的濃湯，鹽漬的魚，唯有潛入海底才找得到的貝類做成的生魚片，呈尖銳星形的罕見水果，黃色果肉呈黏稠狀的水果，發出餿腐山羊奶臭味的下酒菜，米釀的酒，把蘇鐵曬乾和米一起蒸熟而成的麻糬，種種食物目不暇給地擺放在一塊。

可是，年幼的我被禁止同席。唯有加美空，穿著和祖母美空羅大人一樣的白衣，脖子上掛著串串瑩白的珍珠項鍊，在美空羅大人的身旁享用慶生喜宴。換做平時，我從來不會跟加美空分開進食，因此這點令我說什麼也不服氣，而且也覺得加美空好像被人從我身邊搶走，令我極爲不安。最後大人們漫長的餐會終於結束，加美空從主屋出來了。我立刻奔向加美空，卻被旁邊的美空羅大人推回來。

「波間不准過來。現在妳連看都不能看加美空。」

「爲什麼？美空羅大人。」

「因爲妳不潔。」

聽到美空羅大人這麼說，以父親爲首的男人們全都擋在我面前。不潔。這個字眼令我大受衝擊，我顫抖地垂下頭。忽然感到某人的注視，抬眼一看，是加美空在看我。她的眼中，流露出前所未見的悲哀。我不由得後退。我從未見過加美空那種表情。

「加美空，等一下！」

脫口呼喚的我，被旁邊的母親和嬸嬸拽住手臂。轉頭一看，母親臉色難看地瞪著我。我感到和平日截然不同的氛圍，不禁哭了起來。可是，沒有一個人理睬我。雖然大人把我趕開，命令我不准過來，我還是很想知道究竟發生了什麼事。我從小屋背後偷窺，只見在全島島民的目送下，美空羅大人帶著小小的加美空，消失在溶溶的黑夜中。島上的夜，猶如漂浮在汪洋大海中的小舟般令人惶恐。我不放心，一再跑去廚房問母親。

「媽，美空羅大人和加美空到哪去了？她們幾時回來？」

母親含糊其詞：

「她們去散步，應該馬上就會回來吧。」

大半夜的，不可能去散步。島上很小，如果追上去，應該追得到。我正想去追，母親卻慌忙地跑出來，把我攔住。

「波間妳不能去。美空羅大人不會容許的。」

我仰望母親的雙眼。爲什麼加美空可以，我卻遭到禁止，我實在不明白。

「爲什麼我不能去？」

我跺腳吵鬧。母親依然不說理由，只是堅持不肯讓路。但是，母親的眼神，帶著對我的哀憐，和加美空看我的眼神一樣。我感到很不可思議。爲什麼我們姐妹會被突然拆散呢？而且，拆散得如此極端。

不經意朝母親的手上一看，只見生日宴會的剩菜。包括沒人碰過的山羊肉，生的夜光貝切片，以及黃色果肉的水果等等。看到這些我出生至今一次也沒吃過的大餐，我忍不住伸出手。登時，母親狠狠打掉我的手。

「沾染加美空吃剩的東西是會受懲罰的。因爲那孩子，今後將成爲美空羅大人的繼承人。」

我愕然仰望母親的臉。過去，我一直模糊認定，美空羅大人的繼承人，一定是美空羅大人的女兒——也就是我的母親尼世羅。我以爲要輪到我們這一輩當巫女，還是很久以後的事。可是，母親說得斬釘截鐵。美空羅大人的繼承人是加美空。

母親不知把加美空吃剩的生日佳餚扔到哪去了。我也跟著出門，仰望星空。一邊暗忖加美空現在在哪做些什麼。心中一隅，仍凝重縈繞著美空羅大人說過的話。「因爲妳不潔。」縱使我無法成爲大巫女，是因爲加美空比我年長優秀，那我無話可說，但是看著我說「不潔」，這究竟又是怎麼回事？我是不潔之人嗎？我很擔心，那晚幾乎徹夜難眠。

加美空回來，是翌日上午的事。太陽早已高掛空中，氣溫也已開始上升。我看到姐姐的身影，立刻跑向她。加美空的白色禮服有點髒了，臉色看起來非常憔悴。不知是否整晚沒睡，她那充血的雙眼虛無失焦。她的雙腳就像以前去海邊礁岩的時候一樣傷痕累累。

「加美空，妳跑到哪去做什麼了？妳的腳是怎麼搞的？」

我指著她傷痕累累的腳問，但加美空只是拚命搖頭。

「我不能說。因爲美空羅大人吩咐過，不能告訴任何人我去哪做了什麼。」

想必，是穿過「神聖標記」後方那唯一一條路，去了北方岬角吧，我暗想。而且，說不定是去祭拜神明了。手持一根火把，一身白衣的美空羅大人與加美空循路走進林投茂林中。光是想像那幅情景，我就嚇得渾身戰慄。

然後，有過那種經驗的加美空看起來越發神聖，於是我畏縮了。這時，母親來了，對加美空交代了某些話。語尾隨風飄進我的耳中。

「和波間說話是不潔的，美空羅大人沒有告訴妳嗎？」

我驚愕地瞥向兩人，但她倆背對著我刻意不看我。我當下淚水盈眶，裹滿白沙的赤腳，沾上一條又一條的淚痕。雖然不明所以，但我在這一瞬間得知，原來自己是不潔的。

就這樣，我們這對原本要好的姐妹，不得不各自走上不同的路。不，不僅不同路，簡直就是陽與陰、表與裡、天與地，是完全相反的道路。這，就是島上的「順序」，也是「命運」。可是，年幼的我有好一段日子都沒被告知任何實情。

加美空自翌日起，就搬去美空羅大人的住處，帶著隨身物品離開了家。美空羅大人的住處，在清井戶旁，海岬的根部。我一心以爲自己和加美空會永遠一起長大，所以面臨離別格外難受，一直目送著加美空的背影。加美空是否也會為了與我分別而傷心呢？只見她趁美空羅大人不注意時，一再轉頭回顧。她的眼中也有淚光閃爍。

從這天起，加美空被帶離父母與兄妹身邊，開始接受大巫女的教育。加美空肯定遠比我更痛苦。因爲她不能再像以前那樣在海邊玩，也無法在雨中光溜溜地沖洗身體，更不能去摘花。就這樣，我與加美空幸福又短暫的童年時光，就此戛然而止。

後來，島長派給我一個新任務。他命我每晚將母親與女性親戚們輪流替加美空烹煮的餐點送過去。美空羅大人原先獨居時，好像都是自己準備食物，但是現在加美空既然與美空羅大人同住，加美空的餐點就得由母親她們特別做好送過去。

加美空的餐點，一天只送一次，讓她分兩次食用。有兩個用檳榔葉撕成細條仔細編成的有蓋籃子，我就負責把裝有食物的籃子拿到小屋前，再把前一晚送來的空籃子拿回家。

這項任務，附帶嚴格的規定。那就是我絕不能看籃中物，也不能吃加美空吃剩的食物。還有，如果退回來的籃子裡似乎有吃剩的東西，必須在回程時從清井戶旁的海岬上，把籃中的剩餘飯菜扔進海裡。而且這些事絕不能告訴任何人。就是這四樣規定。

我接到任務，當下喜不自勝。因爲這下子我有了見加美空的藉口，而且對於加美空從美空羅大人那裡學了什麼、經歷了什麼，我也很好奇。

翌日傍晚，我從母親手上，接過檳榔葉編成的籃子。籃子編得很細密，所以看不見裡面裝了什麼。但是，一拿到手上，便聞到令人食指大動的香味，我甚至有點暈眩。烹調期間，母親嚴命我不得偷窺廚房，所以我一直在外面玩。我當下猜測，那晃來晃去的容器中，一定裝了海龜湯或海蛇湯。還有那香得要命的烤魚味，八成是男人們自遠洋帶回來的魚乾。拎起來沉甸甸的，肯定是用男人們帶回來的一小撮白米，以月桃葉包裹蒸熟而成的麻糬。

這些美食我一次也沒吃過。不，島上的人想必也都沒嘗過吧。我和母親以及島民，人人都長年處於饑餓狀態。島很小，所以能夠採集的食物有限。要讓全體島民都分到食物，有實質上的困難。如果再來個大型暴風雨，就算有人餓死也不足爲奇。男人們之所以長年出海打魚遲遲不歸，一部分也是因爲島上缺乏食物。我之所以打從心底羨慕加美空，說來丟人，不可否認的是多少也是爲了她每天都能吃大餐。

我小心翼翼地抱著母親交給我的籃子，站在清井戶密林旁的小屋前。浪濤聲近在耳畔，因爲從美空羅大人的小屋有路直接通往海岬。這時，我聽見屋中傳來美空羅大人的祈禱聲。加美空清亮可愛的嗓音也緊隨在後。豎耳聽久了，連我也不由得記住了，忍不住跟著哼吟。

千年的北岬
百年的南濱
海上拉繩鎮波濤
山巔張網收清風
滌淨你的歌
重整我的舞
只願今日斯日
上神之命
直到永遠

「是誰站在那裡？」

美空羅大人嚴厲的聲音傳來，我嚇得脖子一縮。美空羅大人開門走了出來。美空羅大人認清是我，在一瞬間，瞇起了眼。之前舉行儀式時，她甚至用「不潔」這種字眼來說我，可是這天的美空羅大人眼中，卻滿是祖母看待小孫女的慈藹。我鬆了一口氣，連忙辯解：

「美空羅大人。我奉島長大人之命，送籃子過來。」

我一邊遞上裝有食物的籃子，一邊偷窺昏暗的小屋內。加美空規規矩矩地跪坐在鋪著木板的外間。她朝我轉頭開心地露出微笑，揮動小手。我也笑著朝她揮手，但美空羅大人立刻用力把門關緊。

「波間，辛苦妳了。從明天起，妳把籃子放到這扇門前就可以走了。這是昨晚的籃子，加美空沒吃完，所以妳拿去前面的岬角倒進海裡。如果偷吃會遭到懲罰喔。這點絕對不能觸犯。」

我接過籃子，穿過林投與榕樹林，來到水莞花⑥匍匐蔓生的岬角頂端。籃子裡，似乎的確裝有食物。我餓腸轆轆，當下有股衝動很想偷吃一口，但美空羅大人嚴厲警告過，所以我還是自崖上把籃子倒過來，將裡面的東西丟進海中。我戰戰兢兢地往下看，只見食物在碎浪之間浮浮沉沉地漂了一會兒，最後終於沉入海底。

我覺得好可惜，但這是祖母和母親的命令，所以沒辦法。最頂級的美食，全都為加美空搜集而來，卻被當成廚餘扔掉。但是，至少我總算看到加美空健康的身影了，我一邊唱歌一邊踏上歸途。

不過，年幼的孩童，夜晚還獨自在島上漫步，這並非常事。在我返回靠近南濱的自家途中，我畏畏縮縮地望著被滿月照亮的白色山崖，以及懸掛在紅木荷樹枝上的蝙蝠黑影，一邊踽踽獨行。翌日以及再翌日，也要走同樣的路，所以我想應該遲早會習慣，但夜晚的景色真的很可怕。

月光下的海灘，好像有人影。是誰擔心我，所以特地來接我嗎？我拔腿跑了起來，但立刻止步。那是個陌生人，是個一頭長髮垂在背後、身穿白衣的女人。她的膚色白皙，體態豐腴。我差點脫口喊出美空羅大人，但隨即噤口。體型雖然相似，卻是不同的人。女人發現我，溫柔地朝我一笑。這個島上明明只有兩百人居住，但我一次也沒見過她。

這個人，說不定是神。過於感動下，我的手臂甚至起了雞皮疙瘩。就在我呆立之際，女人已一路走進海裡，消失在黑暗中了。我遇到了神。而且，神還對我溫柔微笑。我感到非常幸福，深深感謝賜給我這份工作的島長大人與美空羅大人。之後，神再也沒出現過，但是看過神，成了我的珍貴祕密，令我得以完成每晚替加美空送食物的艱難任務。

從翌日起，我一日不缺，天天拎著裝食物的籃子步行前往清井戶旁的小屋。無論是太陽毒辣酷熱的日子，強勁北風呼嘯的日子，暴風雨的日子，或是下著傾盆大雨的日子。當我抵達時，簡陋的門前，通常已放著前一晚送來的籃子。那明明是誰也吃不到的佳餚，明明是母親與女性親屬們精心烹調的飯菜，加美空卻剩了一大半沒吃。我把籃子裡的東

⑥譯註：Pemphis acidula J. R. et G. Forst，俗稱海芙蓉，千屈菜科小型灌木，多呈匍匐藤蔓狀。

西從岬角倒進海中後就回家了。因爲我知道美空羅大人正在豎耳聆聽食物掉入海中的聲音，以確定我有沒有遵守規定扔棄，所以我按照吩咐，沒看籃中內容就倒掉了。

不過話說回來，美空羅大人爲什麼不吃那些佳餚呢？我感到很不可思議，但不知怎地又不太敢問母親。也許是因爲心中隱約仍介意著自己是「不潔」的這件事。

一年後，我終於有機會窺見加美空。島上每逢八月十三的晚上，會舉行祈禱儀式，祈求航海平安。加美空與美空羅大人一起坐在祭壇前。美空羅大人祈禱的期間，加美空專心一意地望著她。

遙拜天
遙拜海
再拜島
祈求高掛天際的太陽
背對沉入海中的太陽
男人的七首歌響起
男人的三頭掀起浪濤

遙拜天
遙拜海
請庇佑島

最後，加美空在美空羅大人的催促下起立。配合美空羅大人的祈禱，她負責在旁用白貝殼喀喀喀地打拍子。看著加美空，我暗暗吃驚。才一陣子不見，她已長高不少，體態也變得豐滿勻稱。而且，在島上本就罕見的雪白肌膚愈發細緻晶瑩，變成非常美麗的少女。

而我依舊又黑又乾。不僅瘦巴巴，個子也很矮小。這也難怪，我吃的本就貧乏。頂多偶爾能弄到一點小螃蟹就要偷笑了，平日吃的，都是檳榔芽、蘇鐵的果實、艾草和山蘇花之類的野草，以及小魚、貝類、海藻。島上雖有生長食用性植物，但若要栽培頗費工夫，況且也不夠全體島民採食。所以，每天早上如果沒去海邊撿海藻、撈捕貝類和小魚，根本無法維生。

碰到暴風雨無法去採集食物的日子，食物就會少得極端。但是，唯有獨自享盡島上所有佳餚的加美空，長得出色美麗。我被加美空的健美震懾住，什麼話都說不出來。我們本是感情深厚的姐妹，現在眼見加美空與我的差異日漸明顯，我只能呆然以對。

美空羅大人的祈禱結束了。美空羅大人伴著加美空，回到清井戶旁的小屋。加美空偷偷瞄我一眼，微微點頭。大概是發覺我一直在偷看她吧。我當下心頭一喜，忘了被她的健美體態震懾之事，打從心底只巴望著跟加美空說話、和加美空一起玩。

那天傍晚，我像平時一樣，自母親手上接過檳榔籃子。籃中依舊散發出香噴噴的氣味。我終於忍不住向母親丟出疑問：

「媽，爲什麼只有加美空能夠吃大餐？」

母親略帶躊躇地說：

「因爲，她將來要當大巫女。」

「可是，美空羅大人並沒有吃大餐。」

「美空羅大人已經達成任務，所以不需要再吃了。」

母親說的話我一點也聽不懂。

「可是，大巫女依然是美空羅大人。」

母親聽了，微微一笑。

「在培育出下一任巫女後，美空羅大人的任務已經結束了。接下來，只等美空羅大人有個什麼萬一，加美空就可以隨時接替職務了。因爲唯有大巫女，在島上是絕對不可欠缺的。」

母親湊近窺看大水缸，一邊檢視水量一邊說。最近，由於乾旱持續，母親十分擔心。我也看著缸中。只剩缸底還有一點水了。如果連這點水也用光了，我們就會被禁止飲用，只留給加美空一個人喝。

「爲什麼媽媽不是下一任巫女？媽媽不是美空羅大人的女兒嗎？爲什麼要跳過媽媽，突然讓加美空當巫女？我不懂。」

縱使我提出疑問，母親也只是盯著缸中的水不肯回答。水面上，映出我和母親湊頭窺看缸中的兩張臉。我定睛注視母親映在水面的臉孔。母親瘦小黝黑。我長得跟母親一模一樣。

「妳還小，所以或許不懂，在這個島，一切都是有規矩的。『陽』之後，必然是『陰』。美空羅大人是『陽』，所以身爲她女兒的我就是『陰』，身爲孫女的加美空就是『陽』。」

母親就此打住，撇開目光。當時的我還小，但即便如此，我已感到我與母親同樣是「陰」。因爲接在加美空之後的必然是「陰」。

「那，我就是『陰』嘍？」

「對。如果妳有妹妹，那孩子也會是『陽』。陰陽，陰陽，命運就是如此不斷重複。所以，加美空必須在島上活得最長壽，還得生孩子。而且，她的孩子中必須有一個是女兒，她的女兒也得生下孫女。我們家就是這樣連綿不絕地代代生下大巫女人選。這個，就是我們在島上生存的命運。不，應該說是這個島搭上我們的命運。所以，大家才能活到現在。」

母親這麼說完，朝我映在缸中水面的臉孔一笑。雖然謎底終於揭曉令我很滿足，卻也不禁嘆出一口大氣。加美空爲了小島的命運，必須吃大餐活到很老很老，還得生下女兒。我忽然很同情小小年紀就肩負重責大任的姐姐。如果換做是我，八成會被那個重擔壓垮，我決心今後一定要以我的人生幫助姐姐。並且，很不可思議地，我暗自認定是那晚在海灘撞見的「神」在要求我這麼做。

那時，我壓根兒沒發覺，原來自己也有別的使命。

2

自從加美空跟在美空羅大人身邊學習如何成爲大巫女，轉眼已過了七年。這年加美空十三歲，我也十二歲了。我還是老樣子，不管狂風暴雨或發高燒，依舊天天替加美空送食物過去。餐點內容好像也幾乎一成不變，只是分量逐漸增加，籃子變得越來越重。不過，加美空的食量很小，籃中的食物全部吃光的日子屈指可數。我謹遵美空羅大人的吩咐，原封不動地把加美空吃剩的東西倒進海中。我敢發誓，我一次也沒打開籃子偷看過。縱使再怎麼衝動地渴望偷吃，我畢竟還是害怕遭到懲罰，不得不乖乖聽話。

不過，島民一直深受欠缺食物所苦，所以我很明白那是多麼奢侈之舉。其實我曾不只一兩次想過，如果我是加美空，就算不想吃，我也絕對會吃個精光。這個難以釋懷的念頭，猶如沉澱在水缸底部的渣滓，逐漸堆積。

那天，是個猛烈的濕風不停撼動全島樹木的夜晚。島民憂心，數日後將有一個不合時節的大風暴來襲。大風暴來襲前，這種溫濕的狂風會連續吹上好幾天。整團暴風有可能直接轉向某處，有時也會夾帶豪雨登陸，把島上的作物全部鏟平，沖刷殆盡之後才離去。

我滿懷不安，仰望被厚重雲層遮蔽月亮的漆黑夜空。黑暗中，只見雲絮如撕碎的白花飛掠而過。豎耳靜聽，遠方傳來海浪隆隆的怒吼聲。遙遠的天際，似乎正有人類難以企及的巨大力量在狂飆，令我非常害怕。

檄樹⑦的細莖，柔弱彎曲幾被強風折斷。一旦暴風雨來襲，不僅辛苦種植的作物會被吹倒，爲了避免房屋和堆放肥料的倉庫被吹走，單靠女人的力量拉起繩索綁在石塊與樹幹上，也是一項吃力的粗活。撇開這些不談，最令島上女人不安的，是出海捕魚的男人安危。當然，美空羅大人會整天待在祈禱所，替大家祈求平安，但放眼小島過去的歷史，畢竟也曾留下許多人力難以勝天的記錄。

我聽母親說，大約十五年前，有個空前巨大的暴風雨來襲，當時男人們的船都已回到小島邊上了，卻還是有多艘慘遭翻覆。船上，也載著未來將成爲我們父親的男人，幸好，他總算游回島上撿回一命。僥倖生還的，只有包括我們的父親在內的十幾名年輕男子。從此，島上，據說就完全沒有某個年齡層的男人。我那兩個年紀相差很多的兄長，就是在那次暴風雨中不幸失去了他們的親生父親。

不過，據說美空羅大人當時很高興地說，就是因爲尼世羅死了丈夫之後再嫁，才有加美空和波間的誕生。聽說當時美空羅大人甚至還召集島民如此宣布。她說任何事都有好的一面與壞的一面，神已經如此向我們揭示這個道理了，我們必須從好壞兩面去看，大家一起克服悲劇，往好處去想。

的確，雖然加美空被帶離我們身邊，必須不斷接受艱苦的訓練，以便成爲大巫女，但她也因此得以天天吃到美味大餐。縱使許多島民活活餓死，加美空想必還是會獨自活下來吧。

那麼，等著我的又是什麼命運呢？我一邊這麼暗忖，一邊抱緊裝有加美空食物的籃子，頂著強風步行。瘦小單薄的身體，幾乎被風吹走，令我非常害怕。可是，今晚的籃子發出的香味，特別誘人。雖然晚餐早就吃過了，但是聞到香味，我的肚子還是咕嚕叫。我和母親今天用來果腹的，只有艾草與海藻，但是至少有東西可吃，已算是幸運的了。母親告訴我，有些家庭只有老人或是家境貧窮，什麼都沒得吃，只能以銳利的眼神在暴風中的海灘上走來走去。

今天的籃子裡，好像放了蒸熟的麻糬、海蛇濃湯、山羊肉。不過，我早就知道，今天和平時不同。今天一早，美空羅大人就專程來跟母親傳達了某些消息。母親後來便和女性親屬們冒著狂風，去「神聖標記」那邊採摘杬子的果實。杬子的果實沾到手上，會把指甲染成鮮紅。小時候，我和加美空常用杬子的汁液塗抹指甲鬧著玩。母親用杬子的果實做什麼我不知道，但籃子中好像放了什麼特別的大餐。

不過，我現在已無暇顧及那個了。走著走著，風越來越強。家家戶戶畏懼強風，都把門窗緊閉。檳榔樹與櫢樹發出沙沙的聲響猛烈搖動，就像巨大生物不停扭動，令我感到毛骨悚然。平日熟悉的路徑也變得截然不同。波濤打上崖壁的聲音，轟隆隆地好似在

⑦譯註：Noni，學名為 Morinda citrifolia，果實按夏威夷語稱為諾麗果或四季果，茜草科植物。分布於熱帶亞洲、澳洲及太平洋諸島。

敲打小島。這一刻，彷彿傳說中降臨北岬的天神，正以暴虐之姿在島上走來走去，令我驚恐莫名。

我急忙趕往美空羅大人的小屋。小屋門前，放著檳榔籃，爲了避免被強風吹走，還特地用大塊珊瑚壓在上頭。那是我昨天送來的加美空餐點。我把今天的籃子放下，拿起昨天的籃子。咦，怎麼會這樣呢？籃中食物幾乎分毫未少。

「是波間嗎？」

門開了，美空羅大人自屋中現身。

「美空羅大人，加美空是不是哪裡不舒服？食物好像一點也沒少。」

我拎起重量不變的籃子示意。意外的是，美空羅大人竟然笑咪咪地說：

「不要緊。波間，妳不用想太多。乖乖遵照吩咐，拿去海岬倒掉吧。加美空開始有月事了。」

加美空的身體，已經可以生小孩了。想到加美空今後的命運，這是天大的喜訊。但是，我卻驚愕得呆然佇立。我想到的是，加美空終於走到我再也無法觸及的另一個世界了。我很想跟加美空說一聲恭喜，站在小屋前磨蹭了半天，可是加美空終究還是沒出現。我只好死心，在暴風中邁步前行。

「波間。」

突然間，從漆黑的樹叢中傳來男人的聲音，嚇得我差點把籃子掉在地上。可是，眼前空無一人。正當我以爲是自己把風聲聽錯了之際，聲音又再次響起。

「波間，請妳先別走。」

「誰？」

「抱歉嚇到妳了。」

男人依然沒有現身。男人們幾乎都出海捕魚去了，島上頂多只剩下老弱婦孺與病號。但是，這個男人的聲音很年輕。到底會是誰呢？我凝目朝黑暗望去。

「是我啦。我是真人。」

是海龜家的眞人。顧名思義，眞人是家中的長子。他今年十六歲，已是可以出海的年紀，卻被禁止出海捕魚。我很困惑，不知如何是好，不禁垂下頭。因爲按照島上規矩，絕不能與海龜家的人說話。可是，想起眞人夾在一群女人之間，在海灘撿拾海藻與貝類時的表情，不知爲何我竟心口一痛，無法對他視而不見。和女人一起工作本該是種屈辱，但眞人那張淺黑色面孔浮現的，卻是無論如何都要設法取得食物的焦急，是他渴望帶給家人食物的悲哀心願。而那，也深刻地傳達給我。我小聲打招呼：

「晚安，眞人。」

眞人看似如釋重負地在我面前現身。大概是怕我被人發現違反村規，所以之前才不敢現身吧。

「波間。不好意思，讓妳跟我這種人說話。我們小心點別被人看到。」

眞人的個子遠比我高得多，有一副最適合當漁夫的強壯體格。但是，眞人似乎不想讓任何人發覺他有那種體格，平日總是彎腰駝背。

「眞人，你用不著在意那種事。」

「那可不行。」

眞人小心翼翼地四下張望。眞人的海龜家據說是被詛咒的家族，遭到了村八分⑧。村八分的規矩很殘忍。本來，島上男人應該互相幫助一同捕魚，可是遭到村八分的人家，不准出海捕魚。不能去捕魚，就等於是被宣告只能等著活活餓死。

「可是，我也好不到哪去，也有人說我不潔，不肯跟我說話。」

我忍不住說出平日的不滿。美空羅大人和母親雖然只有在加美空六歲生日那天，說過我「不潔」，但即便如此，在島民之中，還是有少數人一看到我就撇開眼，不肯跟我說話。

「那種事妳用不著在意。」

這次輪到眞人說同樣的話安慰我，我們不由得面面相覷笑了出來。

其實，我私底下很同情眞人這個家族。因爲，海龜家是僅次於大巫女——也就是我們海蛇家——的第二順位巫女家族。如果，大巫女家沒有生出繼承人，第二順位的巫女家就必須獻上女孩。可是，海龜家不知何故只會生男孩。以這個眞人爲首，已經連續生了七個小孩都是男的。眞人的母親，爲了不讓家族斷絕，拚命試圖生女兒，可是每次生下來的寶寶總是男的，而且一生下來就立刻夭折。現在，他們兄弟之中，據說只剩下眞人、二人、三人這三個年紀最大的孩子還活著。

「你媽還好嗎？」

被我這麼一問，眞人露出如釋重負的表情。強悍的眼神與清秀的面貌，清楚表明眞人是比任何人都優秀的好男兒。如果能出海，他一定會成爲了不起的漁夫吧。可是，眞人的聲調很低，很消沉。

「唉，其實她好像又要生寶寶了。」

「那很好呀。」

我略帶躊躇地恭喜他。

「我媽好像認定這次一定會生女兒，可是誰知道呢。」

⑧譯註：江戶時代之後，村落私下的制裁。對於不守村規者，村民會集體與那家人絕交。

眞人嘆息著說。如果生不出女兒，就無法推翻被詛咒的家族這個批評。眞人他們三兄弟，也只能以島外人的身分過日子。可是，眞人的媽媽應該已經年近四十了。如果不賭命生產，就無法在這島上生存下去。

「你放心，一定會生女兒的。」

我懷著祈願的心情說。

「但願如此。波間，其實我有事想求妳。」眞人說著，難以啓齒地垂下頭。「那個籃子裡，裝著加美空吃剩的食物吧？」

我大吃一驚，連忙試圖把籃子藏到身後。美空羅大人和母親吩咐過我，絕對不能告訴任何人。可是，眞人如此說道：

「妳用不著掩飾。島上的人全都知道這件事。」

原來如此啊，我仰望眞人的臉孔。眞人一臉苦澀，開口懇求我：

「如果，還有一點殘羹剩餚，妳能不能不要扔掉，把那些食物給我？我想替我媽補充營養。否則，她會死掉的。」

這個出乎意料的請求，令我慌了手腳。

「可是美空羅大人——」我才開口，就被眞人打斷。

「我知道。加美空吃過的東西，不能讓任何人碰觸。這是島規。但是，我家現在瀕臨危機。我媽生下的弟弟們已經連續四胎都夭折了。現在，她即將生下第八個孩子。雖然我媽堅稱她有預感這次會是女兒，但我擔心她毫無體力，恐怕會在生產時死掉。我求求妳，能不能把那些食物給我？我已有遭到懲罰的心理準備。」

如果我不答應，眞人該不會動手搶過去吧？我看著一臉絕望拚命懇求我的眞人雙眼。黑暗中，只有眼白的部分發光。當我察覺那是淚水時，我遞上了籃子。

「只有今天破例喔。」

「謝謝。眞的很謝謝妳。妳的恩情我永誌不忘。」

眞人向我鞠躬道謝，但我忽然一陣害怕，連忙轉身朝背後望。狂風撼動樹木的聲音，聽起來很像腳步聲。

「慢著，籃子得還給我。還有，美空羅大人一定正在留神聽我倒入海中的聲音，所以必須找些替代品扔進海裡。快點。」

我焦急地說。如果東西落海的聲音比平時慢，美空羅大人說不定會出門來查看情況。

眞人的反應很快，當下毫不畏懼過敏發癢地從路旁採來姑婆芋的大葉子。我打開籃蓋，把食物挪到葉片上。這時，我發覺麻糬用杭子的汁液染成紅色。原來這是賀喜的麻糬。那些麻糬幾乎原封不動地剩著。驚訝的我，一不小心將裝在土瓶中的海蛇湯灑出來。濃稠的濃湯，滑過我與眞人的手腕，滴落地面。頓時，豐饒的食物香味在周邊瀰漫開來。

我和眞人同時嚥下一口口水，面面相覷。突然間，我的淚水奪眶而出。這種心情該如何形容，我不知道。也許是頭一次發現與自己無緣的世界，因此悲從中來。

我看到眞人的手也在微微顫抖。眞人也在害怕。得知這點，我的心情總算稍微平靜下來。

「要給你媽媽吃喔。」

眞人一邊點頭，一邊急急忙忙地用葉片把食物包起裹成一團。並且，在空籃中，同樣用姑婆芋的葉片包裹沙土放進去。

「謝謝妳，波間。」

眞人再三道謝，不勝惋惜地踩踏灑在地上的海蛇湯消滅痕跡。我看他這樣，忍不住主動說道：

「眞人，明天我也給你，你這個時間過來。下次你要記得自備容器。」

妳的大恩我永誌不忘——眞人小聲道謝，在黑暗中跑遠了。大概是要回到位於村外、已瀕臨傾頹的小屋吧。這個島很小，所以島民向來互助合作。無論是搭建小屋、打造船隻，或是修理魚網。可是，遭到全村排擠的海龜家，得不到任何人的幫助，想必在各方面都很窘困。

我急忙趕往崖邊，把籃子倒扣過來，將裡面的東西倒進海中。比起平時，落水的聲音好像更快，也更響。在強風呼嘯中，我為自己的罪孽之深而戰慄，竟無法離開。因為想到自己犯下的是滔天大罪，一陣恐懼流竄全身。但是，背叛美空羅大人——不，背叛島規，卻也令我隱約有點痛快。也許是因為心中一隅暗自感到，眼見有人沒東西可吃都快餓死了還把美食倒掉，這怎麼想都太沒道理了吧。

我轉身準備回家，赫然發現身後杵著人影，令我大吃一驚。是加美空站在那裡。

「妳怎麼了？這麼吃驚。」

加美空笑了。我們已很久沒在外頭見面了。加美空的個子已比我高出一個頭，變得豐腴又美麗。

「那是因為妳出現得太突然了。」

我膽戰心驚地說。我不安地暗忖，加美空該不會看到我與眞人私會吧。加美空嫣然一笑。

「風太大了，所以我不放心過來看看。波間要是掉下山崖，那就糟了。」

過去也曾有無數夜晚吹起狂風，可是偏偏在眞人出現的這晚，加美空也出現了，這該作何解釋呢？我訝異地暗想。難道說，這是美空羅大人幻化成加美空的模樣出現？我不發一語地盯著加美空。於是，加美空一臉訝異地問我：

「妳怎麼了？波間。我們可是好久沒見面了呢。」

當我在她的左頰上，看到那個跟孩提時代一樣的酒窩，我當下確定這是加美空沒錯，總算鬆了一口氣。我連忙向她道謝，卻還是有點手足無措，在加美空聽來或許有點見外。

「謝謝妳的關心。」

「拜託妳不要說話這麼客套好嗎？」

加美空似乎很失望，露出成熟的表情。開始有月事，就表示她遲早會許配給某人，不停地生產，直到生出女兒爲止。就像眞人的母親。

「對不起，我沒那個意思。」

聽我道歉，加美空走近，把她豐厚綿軟的手放在我肩上。

「好久不見了，波間。我好想妳。」

「我也是。」

雖然嘴上這麼回答，但我還是很不安。萬一加美空眞的看到我把食物給眞人，那該怎麼辦呢？加美空說不定會向美空羅大人告狀，害我倆遭到懲罰。不僅如此，也許還會把我跟眞人全家一起趕出小島。遭到放逐者，必須在嚴冬北風呼嘯時，坐上壞掉的小舟，被迫勉強出海。不久之後，那艘小舟總是會空船漂回。我的心跳加快。不會吧，溫柔的加美空不可能做出那種事。可是，正當我沉默地呆然佇立之際，加美空突然鼻子窸窣作響，做出嗅聞我衣服袖口的動作。

「咦，有濃湯的氣味。」

我故作不解地略歪腦袋，假裝若無其事。

「大概是剛才倒掉時沾到手上了吧。」

「也對喔，一定是這樣。我啊，每次都好想讓波間也喝喝看那個。每次剩下一半，就是因為我想分一半給波間吃。」

加美空說得萬分歉疚，害我差點掉眼淚。一切都已太遲了。正如加美空已變成成熟女子去了另一個世界，這天的我與貞人，也去了和美空羅大人及加美空所在之處截然不同的世界。去了違反島規的世界。我好不容易才擠出聲音對加美空說：

「加美空，剛才我聽美空羅大人說了。聽說妳開始有月事了是吧。恭喜妳。」

「謝謝。」加美空表情疲懶地道謝。然後，突然發話：「最近，貞人還好嗎？」

我當下慌了手腳。難道加美空真的看見我把食物交給貞人？

「最近都沒見到他，所以我也不知道。妳幹嘛問我這個？」

說謊的我，連聲音都在發抖。可是，我很想知道加美空的真正想法。她究竟是要向美空羅大人告我們的狀？還是要站在我們這邊？結果，加美空是這麼說的：

「波間，告訴妳一個祕密，妳絕對不能跟任何人說喔。」加美空環視四周。「我啊，不是開始有月事了嗎。如果命中注定我非生小孩不可，那我希望是替貞人那樣的人生小孩。可是，美空羅大人警告我，眞人家遭到詛咒，所以不行。好可惜喔。」

我不知該怎麼回答才好，只能垂下頭。於是，加美空拉起我的手，如此說道：

「替自己不喜歡的男人生小孩，那很討厭對不對？」

見我勉強點頭同意，加美空一臉羞澀地咕噥：

「對不起，跟妳說這種話。除了美空羅大人，我都不能跟別人說話，所以只是有點想跟妳說說心裡話。妳別放在心上。」

「沒關係，謝謝妳肯告訴我。」

加美空是知道我與眞人私會，才這樣先發制人嗎？抑或，是眞的打從心底想向我傾訴？我猶在遲疑之際，加美空已揮揮手。

「那就不聊了，改天見。被美空羅大人發現會挨罵，所以我該回去了。回程自己要小心喔，可別被風吹跑了。」

加美空朝著美空羅大人的小屋，循著林中小徑回去了。加美空的手心餘溫猶在我肩頭殘留。還有，加美空說的話亦然。「我希望是替眞人那樣的人生小孩。」或許加美空喜歡眞人，所以才對我擅自給他食物的行爲不予追究。如果，加美空眞的想跟我談心，那是好事，如果不是這樣，那我也許落了把柄在她手裡。這天，同時也讓我深切感受到，加美空是高高站在我與眞人面前的掌權者。

翌日，眾人擔憂的暴風雨終於來到島上，掀起一陣大亂。強風暴雨交加。不過，我還是得去送食物。母親在我身上披上大片芭蕉葉，再用繩子一圈又一圈地替我纏緊。可是，對付強風還是不管用。只見一片飛掉、兩片剝落，我全身濕透，總算抵達美空羅大人的小屋前。門前放著昨夜的籃子。一拿起來沉甸甸的，換做平時，我一定會很憂鬱，可是這天我卻暗自竊喜。因爲我在想，眞人一定會很高興吧。我用新籃子交換舊籃子，門後忽然傳來加美空的聲音：

「波間，回程要小心強風喔。美空羅大人正在祈禱所禱告。」

祈禱所，據說位於淸井戶的神聖森林中心。美空羅大人大概正在那裡專心一意地祈求船隻平安吧。不過話說回來，加美空特地告訴我美空羅大人在何處，該不會是因爲知道眞人會來找我吧？我暗自懷疑，但另一方面，卻又不得不覺得，就算眞是這樣，加美空也是站在我這邊的，她不可能出賣我。雖然毫無根據，但我依然抱有我們畢竟是好姐妹的信賴感。

我一邊注意倒下的樹木，一邊走過林投叢生的小徑。林投樹長滿了刺，如果倒下來被砸到，會很危險。渾身濕透的眞人，正在昨天相同的地點等我。他跟我一樣，在身上披著大片芭蕉葉，但幾乎完全不管用。

「波間，這種天氣妳也不休息啊，眞辛苦。」

眞人慰問我，但我很焦急。

「眞人，快點，否則食物會淋濕。」

我冷得渾身哆嗦，幾乎連話都說不好。眞人果然依我所言，帶來了檳榔葉編成的籃子和月桃葉包裹的東西。

「那是什麼？」

「裡面包的是沙子。」

我把食物交給眞人，把裝滿沙子的葉片放進籃中邁步走出。頓時，眞人拽住我濕淋淋的手臂。

「慢著，岬角頂端的風很強。我替妳去丟。」

「不行啦。美空羅大人正在祈禱所，說不定會被她看見。」

「無所謂。與其讓妳死掉，我寧願遭到放逐被判死罪。」

聽到這種從來沒人對我說過的話，我呆立原地，如同麻痺。眞人硬生生從我的手裡搶過籃子，朝岬角頂端匍匐前進。連眞人這麼強壯的人都得這麼做才能避免危險，可見風雨有多強。然後，他從崖上倒掉籃中食物回來了。

「波間妳太輕了，一定會被風吹走的。」

縱使我眞的被吹走，想必自翌日起，也會有別人來送飯吧。這就是島規。不過話說回來，我從昨夜就一再背叛美空羅大人。我把食物交給眞人，讓眞人替我倒掉假食物。縱使加美空守口如瓶，難道美空羅大人就不會發現我的所作所爲嗎？我遲早會遭到懲罰。那將是怎樣的懲罰呢？這麼一想，我當下嚇得渾身戰慄。

「妳怎麼了？」

眞人在強風撼動的榕樹下問我。

「我怕遭到懲罰。」

突然間，眞人一把將我抱進懷中，對我囁囁私語：

「怎麼可能被罰，我一定會保護妳。」

雖然眞人嘴上這麼說，語尾卻同樣帶著顫抖。全身濕透的我們，就這麼顫抖著擁抱許久。犯戒令我呆然，彷彿在走投無路的當下，只能透過擁抱來確認彼此的存在。然而，有了一個堅強的夥伴，也令我心神恍惚。我眞的好喜歡眞人。

「我送妳到妳家附近。」

眞人拉起我的手，抱著空籃邁步前行。強風夾帶樹枝和小石子打來。海邊則是浪濤洶湧隨風飛濺，害我們渾身濕透，就像在海中溺水。對我來說，那些彷彿都是對我們犯戒的制裁，我無力抗拒。但是，我們還是頂著暴風雨，拚命往前走。

「你媽的身體怎麼樣了？」

我在眞人的耳邊大吼。風雨強得如果不這樣做，根本無法交談。我家已遙遙在望。眞人的聲音帶著陰霾。

「她一口都不肯吃。她好像隱約猜到我是從哪拿來那些食物。她憂心忡忡地哭著說，我會遭到懲罰。」

「那麼，今天的飯菜呢？」

「我會說服她，否則她只能等死。如果我媽死了，我爸和我們三兄弟在這島上也毫無價值了，到時候全家都只有死路一條。波間，明天見。」

眞人毅然決然地說完就走了。對我來說，眞人的堅強是我此生首見。因爲島民人人皆受規矩束縛，大家都怕遭人議論，所以瞻前顧後地過日子。

沒錯，明天也跟眞人見面吧。這麼一想，明天的來臨就變得非常令人期待，在看到眞人之前，我決心一定要盡量想辦法活下去，我暗想。而這，也是初次令我心如小鹿亂撞的感情。

我們開始每晚見面。我把籃中食物交給他，再從岬角倒掉假食物後，我倆就邊聊邊踏著夜路回家。當然，一邊還得提防被島民看見。

然而，眞人的母親第八次分娩生下的，還是男嬰。那個男嬰，聽說也在出生後立刻夭折了。島上的人紛紛議論，海龜家果然受到詛咒。那天和隔天，眞人都沒露面。那二天我躲在林投樹後等了好一陣子，眞人還是沒出現，所以我只好獨自把食物倒掉回家。好久沒丟棄食物了，想到自己在做這麼暴殄天物的行爲，我就心痛。

眞人的小弟弟夭折後的第三天晚上，他終於從密林中現身。那晚正逢滿月，所以我可以淸楚看出，眞人的臉憔悴得可怕。他的衣衫不整，平日總是用草綁起來的長髮也隨意披散在肩上。我深感同情，一邊走近眞人。

「眞人，這三天你到哪去了？」

「舉行喪禮，去了網井戶。」

「眞可憐。你媽怎麼樣了？」

「她很沮喪。她悲嘆也許是因爲她沒吃我帶回去的食物。她說從今以後爲了寶寶，還有，爲了我們在島上的生存，她一定會什麼都吃。」

「從今以後？」

「不是啦，她是說下次懷孕的時候。」

眞人看似難以啓齒。一再懷孕，肯定很傷身。我指指籃子。這天的籃中，也剩了大量食物。

「那麼，這些食物怎麼辦？」

眞人陷入沉思。我見聊得太久，連忙偷偷窺看四周情況。這樣的月夜，聲音可能會傳得很遠，所以必須小心點。萬一有誰躲在暗處窺視我們，單是這麼想像，我就已嚇得快哭出來了。眞人的丹鳳眼，在月光下炯炯發亮。

「波間，與其倒掉，不如我倆自己吃掉吧。就算兩人一起犯戒，也要設法活下去。」

我驚愕得倒退。眞人從我的手上扯過籃子，掀開蓋子。於是，正如加美空所言，就像要特地留給誰似地，每樣菜餚都剛好剩下一半。山羊肉一半，海龜湯一半，魚一半。加美空說過，她想留給我吃，但她也許知道自己吃剩的食物可以幫助眞人家。我很想把此事告訴眞人，卻又有點猶豫。因爲，加美空說過她希望替眞人生小孩。是的，我嫉妒加美空。

「波間，吃吧。」

眞人壓根兒沒注意到食物全都剛好剩下一半，硬是把山羊肉往我嘴裡塞。他自己也用手抓著吃。奇妙的味道頓時在口中擴散。我只顧著害怕又犯下一樁新罪，根本吃不出東西的味道。想必眞人也一樣吧。我們邊吃邊凝視彼此的雙眼，一轉眼，就把加美空吃剩的佳餚全都塞進嘴裡。然後，再用葉片包裹沙子放進籃中，從岬角倒掉。終於吃進體內了，會遭到懲罰的。現在吐出來還來得及嗎？可是，我的舌頭已牢牢記住味道了。焦慮的我，小手被眞人的大掌包住。

「波間，如果眞有懲罰，那也是由我來承受，妳放心吧。」

可是，我總覺得事情不會就這麼算了，似乎正有更大的災厄潛藏，令我無法回答眞人。

眞人把我送回家後，我依舊憂懼自己罪孽深重，因此很消沉。母親看著我好像很想問我什麼，但我當然隻字未提。

翌晨，我在床上發出尖叫。我竟然睡得滿身是血。我終於遭到懲罰，就要死掉了，當我這麼覺悟之際，來看我發生什麼事的母親欣然微笑。

「波間，妳長大了。」

原來我也跟加美空一樣，開始有月事了。我雖然鬆了一口氣，但是想起昨晚，不免暗忖這之間是否有什麼關聯，但是想來想去還是不明白。

我成爲女人的這天，是五月晴朗乾爽的美好日子。中午過後，我實在坐立難安，索性一個人去小島北邊，採摘生長在「神聖標記」巨岩旁的杭子果實。然後，就像小時候跟加美空常做的，用石頭把果實砸爛，將雙手指甲染上嫣紅。因爲沒有人替我慶祝我長大，我只好自己慶祝。紅色的指甲，和藍天白沙相映成趣，倒也別有一種美麗風情。這時，清爽的海風吹來，拂過我的臉頰。小島北邊，是島上最高處，所以風很涼，吹起來很舒服。我覺得心情好像也漸漸豁然開朗，當下暗想，只要能跟眞人在一起，就算受罰也沒關係。回到家，母親對我的嫣紅指尖投以一瞥。

「妳的指甲是怎麼回事？」

我赫然一驚，連忙藏起指尖。

「我去撿杭子的果實了。」

我試圖辯解，但母親已撇開目光。也許母親已經發現，我偷看過慶祝加美空初潮來臨的染色紅痲糬。我與眞人的背叛，先是被眞人的母親發現，說不定加美空也知情，而母親，或許要不了多久也會知道吧。在這樣輾轉的過程中，恐怕遲早也會傳入美空羅大人和島長的耳中。想到這裡，我頓感畏懼，但我也無法忘懷在岬角感受到的淸風。

就這樣，我與眞人偷吃加美空剩下的食物，一再犯戒。直到眞人的母親再度懷孕，需要補充營養。我們長得比周遭的人都高，體態也變得更豐腴。

也許，我們後來能夠熬過漫長艱苦的海上航行，就是因爲偷吃了加美空的剩飯。此外，或也因此，我才能在小舟上照樣平安無事地生下了夜宵。

當我的命運面臨巨變——不，是得知我眞正的命運時，我壓根兒不覺得，那是我違反島規的報應。我毋寧深信，正因爲違反了島規，我才得以與眞正的命運搏鬥。

3

巨變，在四年後降臨。這年加美空十七歲，眞人二十歲，而我已滿十六歲。美空羅大人去世了。她倒在清井戶的岬角撒手人寰。據說，當時她正在眺望男人們的漁船在出海歷時一年後平安歸來。也許是看到最後一艘船也進了港，當下大感安心，聽說她旋即向後一倒，不省人事。那個地點，說來很巧，正是我假裝是加美空的剩飯，而丟棄眞人準備的假食物的那個岬角頂端。所以，聽到美空羅大人的死訊，在萌生巨大喪失感的同時，不可否認的，也暗懷一種解脫感。換言之，我這才頭一次發現，我在島上最尊敬也最畏懼的人，原來是美空羅大人。現在，那個美空羅大人已不在人世。對於美空羅大人的離世，我竟竊喜在心，這是何等罪孽深重啊。我本想把這個想法告訴眞人，但島上正陷入大亂，被眾人視爲受到詛咒避如蛇蠍的眞人，自然不可能跟我公然見面。可是那時，我有一件事非和眞人商量不可。

不過話說回來，美空羅大人的猝死令人措手不及，甚至來不及感到傷心，所以這究竟是眞是夢，我覺得好像得一再確認才行。美空羅大人的死，也就表示加美空成爲大巫女的日子來臨。島上雖然看似仍沉浸在深切的悲痛中，但不可否認的是，也流露出慶幸年輕的加美空即將成爲大巫女的熱鬧氣氛。

在島上，唯有年滿十六歲，才能被視爲獨立的成人。從此，男人可以風風光光地出海捕魚，女人可以參加祈禱與祭祀。我也終於得以進入清井戶與網井戶的聖地，但我做夢也沒想到，我頭一次進入聖地，竟是爲了美空羅大人的葬禮。

而且，我的第一次經驗，不只是得以參加祈禱與祭祀。我有個無法告訴任何人的祕密。大約兩個月前，我與眞人終於發生了肉體關係。對於男人們即將返回島上的焦慮，不僅是我，想必眞人也有吧。因爲，一旦島上擠滿男人，夜晚便會屬於男人。年輕男人會在島上四處徘徊，尋找單身女子。雖然負責送飯給加美空的我有任務在身，所以誰也不敢招惹我，但若想與眞人私會，就得提高警覺了。

當然，島上有嚴格規定。不得隨便多出一張嘴吃飯，換言之，也就是不能隨便增加島上人口。有資格增產的家庭早已決定。那就是與掌權者（島長）相關、自古以來血統優良的家族，以及我家和眞人家這種與祭祀有關的人。眞人家遭到詛咒無法遞補新的巫女，所以眞人他們三兄弟按照規定，是不能生小孩的。

但是男人依然會追求女人，所以有時還是會意外生子。意外誕生的小孩，會被島長下令殺害。此外，如果老人增多，有時也會被關進海邊小屋鎖起來，讓老人活活餓死。

我生長的小島，就是這麼殘酷的地方。明明這些事我全都明白，但深愛眞人的我，還是只想被他緊緊擁在懷中。

這是何等罪孽深重啊。眞人似乎也有同樣的想法，我們幽會時，總是充滿了只要再踏出一步就會越線的危懼。而且，我們深受那種危懼吸引，終於越線偷嘗禁果，一旦越了線，從此更加沉淪在愛欲中。我想那時的我，心底或許甚至懷抱著一種優越感，覺得自己比加美空幸福。

是我太愚蠢了。因爲，我懷了眞人的孩子，不得不與眞人商量的，就是這件事。

話題回到美空羅大人的葬禮。那天，我頭一次奉命穿上白衣站在家門前。抬著美空羅大人棺木的送葬隊伍，從東邊的清井戶，朝西邊網井戶的死者廣場前進。抬棺的男人們，一律穿著同樣的白衣。他們的腳步整齊畫一，一邊重複吟唱著這樣的歌，一邊緩緩步行。

大巫女的
隱身之處
貴姐妹的

送葬隊伍經過每家門前時，都有人加入，所以等到抵達網井戶時，隊伍已排成長龍。當然，棺木不會經過遭到村八分的眞人家門前。海龜家的人，即便是這種喪葬儀式，也被排除在外。

我等待送葬隊伍走近，與父母兄長和叔伯們緊張地站在一起。這時，我發現還有一具棺木。和美空羅大人氣派的棺木相比，另一具棺木很簡陋。該不會是加美空死了吧？我的心中掀起驚濤駭浪。但，加美空緊跟在美空羅大人的棺木旁，姿勢挺拔地走著。我鬆了一口氣，重新打量在太陽下步行的加美空。加美空雖然看似悲痛地扭曲著臉，但她出落得越發美麗，彷彿閃閃發光。此外，今後她將要代替美空羅大人扛下大巫女的重任，所以看起來好像也有點緊張。

走在送葬隊伍前頭的島長來到我家，跟父親耳語了幾句。父親轉過身來，吩咐我：

「波間。妳跟在另一副棺木旁，走去網井戶。」

我本想問問那究竟是誰的棺木，但母親做出催我快去的動作，我只好慌忙加入送葬隊伍。加美空看到我，微微一笑。我向姐姐囁嚅：

「加美空，妳過得好嗎？」

加美空點頭應了一聲。

「這副棺木是誰的？」

加美空頭也不抬地回答：

「波之上大人。」

我從未聽過這個名字，所以驚訝地問加美空：

「那是誰？」

「美空羅大人的妹妹，所以，算是我們的姨婆。」

我連島上有這樣的人都不知道。我很想向加美空多打聽一些，但抬棺的那群壯漢擋在我們之間，令我無法再追問下去。

長年待在海上的年輕男人們曬出一身古銅色肌膚，正以強悍尖銳的眼神監視我們。而且，他們絲毫不掩飾對美麗的加美空露骨的好奇心。遲早，加美空爲了生女兒，必須和現在在場的某個漁夫結婚。如果生不出孩子，就再換別的男人。或許因此，男人們才會互相牽制，偷偷觀察加美空。

送葬隊伍靜靜走進網井戶中。林投與榕樹密林邊上，樹叢間開了一個陰暗的缺口，形成必須排成一列縱隊才走得進去的羊腸小徑。那是與通往北方岬角的「神聖標記」一模一樣的場所。我伴隨「波之上大人」的棺木，鑽過樹木隧道。頓時，眼前是宛如豁然開闊的圓形場所。正面，可以看到石灰岩洞窟兀然張口。想必，那個洞窟就是島上的墳場吧。一旁，有一間不知是否屬於墳場看守人的茅頂小屋。美空羅大人和波之上大人的棺木，被輕輕放置在洞窟前。初次見識到的墳場景象令我倒抽一口氣，一心只想盡快從這裡脫身。這個地方實在太荒涼太寂寥了。

加美空拔身而起，用清亮的嗓音引吭高歌。

今日斯日
隱身於神之庭園
遨遊於神之庭園
等待於神之庭園
自天而降
渡海而來
今日斯日
虔誠膜拜

男人們配合加美空的歌聲，扯起粗厚的嗓子唱出之前的送葬歌曲應和。頭一次參加喪禮的我，模仿其他女人，低頭雙手合十。一群壯漢起身，把棺木抬進漆黑的洞窟中。首先，是美空羅大人，然後輪到波之上大人。繼而，他們像在畏怯什麼似地惶恐垂眼，倒退著離開廣場。女人們也垂下眼簾不看洞窟，同樣倒退著離開。這表示，要在傳說中的死者廣場，靜待死者前往小島底部嗎？我興味盎然地打量這一幕。這時，加美空來到我身旁，一邊凝視我，一邊唱起送葬之歌。

大巫女的
隱身之處
貴姐妹的
隱身之處

然後，她敲響白貝殼，行個禮便離去了。我也想隨她而去，但島長和我父親卻擋住我的去路。

「波間，妳不能離開這裡。」

我愕然呆立。他們在說什麼，我壓根兒不明白。

「從今天起，妳將住在網井戸。加美空是『陽』，是爲光明國度服務的大巫女。必須住在旭日東升的東方淸井戶。而妳是『陰』，是爲了替幽冥國度服務而誕生的。妳的住處，是太陽西沉的西方網井戶。」

我大吃一驚，放眼眺望蓋在死者洞窟旁的小屋。即便聽到那裡將是我的住處這種驚人宣告，一時之間我也反應不過來。我只能茫然呆立。這時，島長如此下令：

「波間，從今天起的二十九天內，妳必須天天打開棺蓋，確認美空羅大人和波之上大人是否復活。還有，妳再也不能回到村子去了。我們會把食物放在網井戶的入口，妳就吃那個。水井位於小屋後面。妳用不著擔心。」

「那麼，島長大人。我再也不能與父母一起生活了嗎？」

當下，曬得黝黑的父親滿面悲痛地說：

「等我們其中之一死了，就能見面了。」

「我不要！爸，請你救我。媽，救救我！」

我緊抓著父親白衣的衣裾懇求，但父親卻甩開我的手。

「好了，波間，別丟人現眼。之前一直沒告訴妳，是因爲必須由加美空親口轉達。妳是誕生於島上最重要家族的幽冥國度巫女，所以不可能改變命運了。妳的存在，就是爲了協助死者順利前往幽冥之國，所以妳一定要好好執行妳的任務。」

聽到必須由加美空親口轉達，我終於明白，加美空眼中流露的悲哀是什麼了。

「可是加美空什麼也沒跟我說過。」

島長與父親驚愕地面面相覷，但島長隨即以嚴肅的聲音宣布：

「那我現在正式告訴妳島規。生於大巫女之家，與巫女中間隔了一代的長女，必須效命光明之國；次女則效命幽冥之國。島上的太陽照亮白晝後，沉入海中繞行島底一周照亮海底，之後再次自東升起。長女守護島的白晝，次女守護島的黑夜，職責就是統領島的海底。島的黑夜，就是死者們居住的世界。長女爲了不讓大巫女的血統斷絕，必須生下女兒繼承。次女則僅限一代，不得與男人交媾。」

島長仰頭眺望西方天空，正值午後的大陽沉入海中，夕陽染紅了他的白鬍子。

「請等一下，島長大人。」我拚命懇求。「那麼，如果之前是波之上大人守護島的黑夜，爲什麼我毫不知情？還有，爲什麼她要與美空羅大人一起安葬？」

島長發出嘆息。

「波之上大人在美空羅大人繼任大巫女的同時，被送進這間小屋，在此悄悄生活。所以，誰都看不到她。當然，大人們每逢葬禮會來網井戶，所以會見到波之上大人。」

「我明白了。那麼，她爲何會與美空羅大人一起過世呢？」

「太陽既然不再升起，黑夜當然也不會再現。」

也就是說，隨著美空羅大人死去，波之上大人也不得不結束生命嗎？祈求美空羅大人長壽，原來也包含這樣的意思。如此說來，今後的我也得祈求加美空長壽嗎？之前聽母親說起時，我還一頭霧水，原來我與加美空是正負一對的關係。「陽」與「陰」。加美空六歲生日那天，美空羅大人看著我說我「不潔」的聲音，猶在耳邊。原來我是不潔之人。可是，我與眞人卻偷吃了獻給加美空的供品，還發生關係，甚且，我已懷有眞人的孩子。得知眞實命運的我當下大爲恐慌，不知不覺中竟暈了過去。

等我醒來時，太陽早已西沉，四下一片漆黑。我被安放在廣場中央柔軟的草地上躺臥。當然，周遭已不見任何人影。月光下，清晰可見放在洞窟中的棺木。洞窟深處，似乎還並排放置著更多棺木。從未見過死者的我，嚇得跪在地上亂爬，緊緊拽住野草。我驚恐欲狂。想到若能就這麼死掉該有多好，我萌生跳海的念頭。若要那麼做，必須先離開網井戶。可是，以我的力量恐怕爬不上山崖。我藉著月光尋找出口。當我靠雙手摸索走過樹木隧道，企圖逃出網井戶時，我才發現入口設有柵門，根本出不去。我被關在墳場裡了。這時，我看到父親與大哥站在黑暗中。我當下心頭一喜，衝向柵門。

「爸，大哥，快救救我。幫我搬開柵門。」

「裝設柵門的期間，只有二十九天。之後就會拿開。這個柵門，是爲了不讓死靈離開網井戶四處徘徊。」

大哥低聲說。兩個哥哥，和我與加美空是同母異父，所以向來很少親密交談。但是，從他的語氣中可以感受到溫情。

「大哥，整整二十九天都一個人待在這裡，我會怕。」

哥哥爲難地一逕垂頭。我隔著柵門伸手想拽住父親懇求，父親卻輕輕揮開我的手。

「波間，我知道妳很可憐，但這是無可奈何的事。妳應該也明白吧，誰都無法違反島規。就像加美空，不也得一個人獨居小屋不斷祈禱，所以妳也得與死者一起生活。我們出海捕魚，也照樣得在海上不斷漂泊，其他的人也同樣得忍受空腹之苦。在這島上，如果不按規定生活，就只能像海龜一族那樣，等著潦倒死在路邊。」

父親的聲音低沉，溶入遠方的浪濤聲聽不清語尾。可是，在我聽來卻是句句分明。我已經逃不掉了。我只能像波之上大人一樣，一輩子被關在網井戶，每逢有人死亡便執行職務，直到加美空死亡爲止。要是我懷孕的事曝光，說不定會被島長殺掉。我不由得高叫：

「我要見媽媽！你叫她來！」

大哥一臉受不了地帶著怒意說：

「妳已經不是小孩子了。看看人家加美空，她從六歲起就已開始學習成爲大巫女。妳還能夠度過幸福的童年，應該要知足了。」

我又哭又叫，但父親與大哥卻頭也不回地走了。我在柵門前一直站到黎明來臨。因爲我不敢去墳場。每晚，自美空羅大人的小屋返家時與眞人私會，偷吃供品，恩愛纏綿的過往，猶如一場夢。牢固的柵門，看起來就像是把我趕到過去毫無所悉的世界、令我再也回不去的「神聖標記」。想到我再也見不到眞人，我不禁悲從中來。

天終於亮了，我按捺恐懼回到廣場，走進波之上大人的小屋。茅頂小屋簡陋逼仄，甚且老舊。傾頹的架子上，整齊排放著夜光貝做成的湯匙與筷子、用漂流而來的椰子做的容器、土器等等物品。窺知連見都沒見過的波之上大人的簡樸生活，我再次淚流不止。接下來要在這裡生活的，就是我了。

忽然間，我很想看看波之上大人究竟長得怎麼樣，於是鼓起勇氣走進洞窟。洞內，密密麻麻擠滿腐朽的棺木直到最深處。幾具小棺木，或許屬於眞人的幾個弟弟吧。四下瀰漫著既像濕氣、又像東西腐敗、難以形容的臭味。入口放著兩副新棺。我悄悄掀開較粗糙的那具棺木蓋子。裡面躺著一個身材瘦小的白髮老婦。我大吃一驚，忍不住叫了出來。那是我頭一晚送食物給加美空時遇見的人。我以爲是天神的人，原來就是波之上大人。她長得跟美空羅大人一模一樣。早在我剛出生時，她就已住進網井戶，成爲幽冥之國的巫女。

「妳還能夠度過幸福的童年，應該要知足了。」

我想起大哥說的話。加美空是故意不告訴我的。而且，她想必對我和眞人偷吃供品的事，也早就心知肚明。拜加美空所賜，我的確得以度過「幸福的童年」，但果眞如此嗎？不，對於身爲不潔者的我而言，根本沒有什麼「幸福童年」。在我心中一隅，一直殘留著當年在加美空那場慶生會上，被美空羅大人推回來時的手指觸感。我的「幸福童年」，在那一刻便已宣告結束。雖然沒有任何人說出口，但我不得不感到，現場儼然瀰漫著對「不潔者」的哀憫與侮蔑。

沒有人告訴我波之上大人的事，想必是因爲我遲早也將被視爲「不在場者」。那不叫做惡意，是遠遠更爲巨大的惡意。在那種惡意面前，我猶如海底的一粒黑色小石子。海底，永遠照不進陽光，把幽冥巫女稱爲統領小島海底的巫女，這種說法豈不巧妙？

眞人現在不知道怎麼樣了，我倏然擔心起眞人。他想必再也拿不到加美空的食物了吧。因爲加美空爲了製造下一代的大巫女與幽冥巫女，必然得趁著男人們還在島上之際，盡快舉行婚禮。

美空羅大人的時代結束了，我看著另一具棺木，不由得深深感慨。只有我被迫與死者關在一起，在黑暗中。如果沒遇到眞人，或許現在也不會有這種感慨吧。

可怕的夜晚再次來臨。白天還敢打開棺蓋，窺看兩人遺容的我，到了晚上，卻得獨自與恐懼搏鬥。想到波之上大人或許也是如此獨自度過一生，我的眼中自然浮現淚水。

那晚，她大概是溜出網井戶，偷偷眺望夜間的大海吧。夜的國度，是死者之國。同時，也是照不到陽光、又暗又深的海底之國。在太陽繞行島下一周之際，我也得爬行於照不到光的海底石塊之間，爲死者祈禱。可是，我不知該怎麼做。我在小屋中渾身哆嗦，等待太陽再次歸來。

小屋外響起腳步聲。也許是死靈與幽魂自洞窟出現，包圍我這個新人。我不知該怎麼做，才能鎮住那些幽魂，想起葬禮時大人們的動作，我用盡全力雙手合十垂下頭。因爲太過恐懼，令我的牙齒不停打架。這時小屋的門被敲響了。

「開門哪。」

是眞人的聲音。但我還是不敢相信，仍舊無法動彈。小屋的門開了，佇立著背對月光的高大身影。是眞人。他不惜闖入不潔場所，來找我了。我欣喜若狂，撲進眞人的懷中。溫暖的胸膛，急促的心跳。抱在一起，才深深感受到我們是活著的。活著的我們令我既愛又憐，怎麼也無法離開眞人的懷抱。

「眞人，我——」

我才開口，眞人就用手指堵住我的嘴。

「我全都知道。美空羅大人或許正在傾聽，所以妳別說話。」

她明明已經死了，我當下悚然一驚。可是，也許靈魂還在這世間徘徊，所以還是得小心。我流著淚，小聲對眞人說：

「我懷了你的孩子。」

眞人好像很驚訝。他思索半晌，用有力的聲音在我耳畔囁囁私語：

「波間，我們逃離島上吧。」

「怎麼逃？」

就算能駕船離開，但海流洶湧，附近的海上又有男人們的漁船四處打轉。縱使逃到鄰近的島上，肯定也會被抓回來。不過，我曾聽說在遙遠的彼方有座大島叫做大和，可惜誰也沒去過那麼遠的地方。

「我先去準備小舟與糧食，妳等我。」

我熱切地拚命點頭。想到美空羅大人的靈魂或許正豎耳傾聽，我嚇得要命。

「可是，眞人，先等二十九天結束再說。」

「還要那麼久？」

我也很訝異自己是否熬得過去，但我很同情那個被眾人遺忘、據說只有舉行葬禮時才能見到大家的波之上大人。想送那個曾對我一笑的波之上大人走完最後一程的心情，勝過了一切。

「好吧。我會再來。」

眞人說完，再度消失在黑暗中。父親和兄長們一定守在網井戶的入口處，以防止我逃跑，所以他大概是從別的地方潛入的吧。我祈求眞人不被發現，並且，也虔誠默禱美空羅大人與波之上大人的靈魂安息。在我心中，燃起了以眞人爲名的希望。

數日後，美空羅大人與波之上大人的遺容，彷彿被削去皮肉，不約而同地產生變化。應該是開始腐爛了吧。洞窟中，開始散發出屍臭。我雖害怕，但是親眼看見兩人的屍身腐壞，倒覺得跟腐壞的動物屍骸沒兩樣。我想我一定是變得堅強了。

夜裡，眞人出現了。眞人悄悄走進小屋，二話不說就先抱緊我。我從眞人身上感受到蓬勃生氣，才得以振作精神。眞人把目前的情況低聲快速地告訴我。

「聽說妳母親很擔心，一直守在網井戶旁邊觀望。至於加美空，將和鮫家的阿一結婚。據說等二十九天一過，就會行禮完婚。我們如果要逃走，那晚最好。因爲，到時大家都會喝得爛醉，要出海也得再過個幾天。」

我鬆了一口氣。到那時候，我的肚子想必已有點顯眼了。如果待在網井戶，誰也不會知道我珠胎暗結，但是倘若發現執掌死亡邪穢的我已非處女，說不定會被島長處死。

「弄得到小舟嗎？」

「我叫弟弟們幫忙，正在修補我爺爺的舊船，也正在搜集食物。」

我把臉貼在眞人的胸口。

「眞人，你怎麼知道進入網井戶的路？」

「我一直都有來這裡看死去的弟弟們。波之上大人也知道。」

說不定，眞人也早就知道我的命運。我本想問他，但眞人說聲「我下次再來」，便悄悄溜出小屋了。

眞人每隔數日的來訪，成爲我的生存支柱。就像我以前爲加美空做的，我吃著別人傍晚放在柵門前的食物，喝小屋後面的井水，每早，打開棺蓋檢視屍體。兩人身上的肉漸漸開始消融。可是，一旦下起彷彿連洞窟內部都被浸濕的豪雨，腐爛的臭味就會消失。

某晚，我覺得小屋四周似有腳步聲。我差點喊出「眞人嗎？」旋即慌忙摀嘴。因爲腳步聲不只一人。是村裡哪個人來了嗎？我一邊與恐懼戰鬥，一邊悄悄開門一看，只見門口站著美空羅大人與波之上大人。兩人親密地手牽手，以生前的模樣佇立。

「波間，謝謝妳。」美空羅大人說。「我倆現在要出發了。」

波之上大人微微一笑，朝我揮動小手。兩人如在草上滑行般走遠，最後消失在林中。我在月光中偷偷尾隨。我已不再害怕。看見兩人一臉愉悅，令我也不由得很想跟去。兩人毫無窒礙地爬上網井戶的山崖，從崖上倏然跳落海中。等我跌跌撞撞地好不容易爬上崖頂時，只見兩人已在海上滑行離去。二十九天的任務終於完成了。我一屁股跌坐在地，然後哭了一下。

翌晨，走到網井戶入口一看，柵門不見了，但我知道身爲夜之國度巫女的我，再也不能跟以前一樣，於光天化日下在村中走動了。因爲身爲死者之國巫女的我，是不潔之人。

那夜，婚宴的喧囂連網井戶這邊都聽得見。有人打鼓，有人彈奏綳有兩條弦的樂器，愉快的聲音響徹遠方。眞人來接我了。我與眞人手牽手，從波之上大人的小屋，只帶走一根夜光貝做成的湯匙，在黑暗中邁步前行。

最後，我們終於越過了通往北方岬角的「神聖標記」。我們一邊留神不被林投樹的棘刺給刺到，一邊不斷朝北方前進。眞人的船，將從除了大巫女之外任何島民都禁止進入的北方岬角出航。管他會被巨浪呑沒就此沉船，還是漂流到陌生島嶼都無妨，只要兩人攜手前進，就沒什麼好怕的。我想，我一定會在不知名的土地上，替眞人生很多小孩吧。啊，兩人攜手得到的自由，一定很美好。我心如彩球蹦蹦跳，一再轉頭仰望拿著火把朝林投樹林前進的眞人側臉。我打從心底深愛眞人，當時我以爲就算把生命獻給眞人，也不足爲惜。

第二章　前往黃泉國

1

我的死，毫無前兆，就這麼突然降臨。那是在一個無風無浪、無月無星、世界彷彿停止一切動態的靜謐黑夜發生的事。

一片漆黑中，載著我與丈夫眞人，以及寶寶的小舟，如搖籃般輕柔地隨波晃動。舟中雖窄，但我把寶寶抱在胸前，眞人再從我身後抱著我，我們一家三口安詳地睡著了。

不意間，我忽然萌生前所未有的不安，不禁睜開眼。放眼所及，盡是空無一物的黑暗夜空。黑夜令人感到無窮無盡，失去了時間感。我覺得自己幾乎被宛如天蓋的黑夜壓扁。

我的身體很虛弱。除了長程航海的疲憊，一週前，又在海上剛剛分娩。生產的過程很痛苦。整整有一天一夜的時間，陣痛令我不停哭叫。不過，抱著總算平安生下的小女兒，我沉醉在完成一項大任務的喜悅，以及即將登陸大和的希望中。若說眞有不安，頂多也只是擔心在船上出生的小女兒，是否能平安活到上陸。所以，那時，我壓根兒沒預料到，自己即將死亡。我將女兒取名為「夜宵」。

這段日子的航行，只能說是奇蹟。靠著這艘只要遇上暴風雨一轉眼就會沉沒的破舊小舟，整整航行了半年以上，期間就算發生任何事都不足為奇。但是，我們就像蒙誰庇佑似地，運氣絕佳。不僅一次也沒碰上暴風雨，我和眞人也都很健康。當然，並不是完全沒發生過令人絕望的事。但是，不知為何，幸運之神總是適時出現，助我們一臂之力。

沒水可喝時，水平線彼方便轉眼湧起團團烏雲，降下甘甜溫熱的雨水。沒食物可吃時，便遇上大群小魚，或是有筋疲力盡的候鳥掉到船上，彷彿主動求我們吃牠。當我倆的疲勞到達極限，再也無能為力時，風便突然輕輕吹來，把我們的船引導到小沙洲。那片沙洲，在汪洋中央若隱若現，只是一片珊瑚礁形成的脆弱土地。若有大浪來襲，恐將在轉瞬之間消失在海中，甚至連小島都稱不上，但令人驚奇的是，中央竟源源不絕地湧出清水，生長著寥寥無幾的檳榔樹。我們做夢也沒想到，汪洋之中竟有這樣的陸地，雖然半信半疑，還是在睽違數月後，享受著腳底埋進沙中的觸感，伸長手腳，把綠葉放進嘴裡，暢飲一肚子的冰涼清水。並且，得以休養生息，繼續依然漫長的海上旅程。

這些好運，也許都是為了讓我產下心愛的女兒。不，應該是在我抵達大和之前混淆我的視線，刻意讓我走向那一位身邊的安排吧。然而無知的我，卻自以為我們還年輕，什麼都做得到，一逕沉醉在幸福中。這是多麼傲慢啊。而且，生下女兒的那天，也許是因爲天氣異樣晴朗，遠方隱約似乎眺見巨大的島影，也帶給我們強烈的希望。

「那座大島，一定就是大和，辛苦的航海終於即將結束了。」

眞人對著閉眼躺臥的我囁囁私語。我非常疲憊，卻還是忍不住微笑，因爲懷抱著馬上就能抵達大島的期待。等我們到了大和，就在海邊蓋個小屋，過著雖窮卻幸福的生活吧——我與眞人每次總是這麼說。因爲我的女兒，幸運地得以逃離島上的「順序」。

可是，現在回想起來，眞是大錯特錯。枉我身爲命中注定要效命夜之國度的巫女，卻犯下違抗宿命的大罪，愛上家族遭到詛咒的男人，兩人一起逃出島上生下小孩。而那一位，不但沒懲罰這樣的我，還把我帶到她的身邊。我深深感激她的寬恕。

2

那是在我因不祥預感而醒來，仰望夜空的時候。某處，潑喇一聲傳來魚躍出水面的聲音。我吃了一驚轉頭回望，只見遙遠的彼方，一道閃電劃過漆黑夜空。那一瞬間倏然大放光明，極目望去，甚至可見遠方的浪頭閃著白光。雖然身在海上，心情卻如徘徊在黑暗的蒼茫荒野般無助，令我隱然有點害怕。我用力抱緊女兒，不讓任何人奪走。眞人驚訝地問：

「妳怎麼了？」

「我忽然很不安。」

話才說完，忽然一窒，我噎住了。我之所以驚愕得發不出聲音來，是因爲掐在我脖子上的，竟是眞人溫熱的手指。眞人正從後方勒緊我的脖子。

痛苦令我漸漸失去意識。眞人要殺我？怎麼可能。但是，這的確是丈夫的手指。我拚命掙扎試圖掰開眞人的手指。在我懷中的夜宵哇哇大哭。然後，在最後那痛苦的一瞬間，我勉強聽見的，是眞人悲痛的聲音。

「波間，對不起。」

就這樣，我腦中一團混亂地獨自死掉了。沒有任何預感與徵兆，突如其來地訣別。我可以感到眞人高叫「對不起」時聲音中的顫抖，落在我臉上的淚水，以及夜宵想吸奶的小嘴唇，但我漸漸變得冰冷。好一陣子，感覺還活著，身體卻已僵硬，隨著腹內漸漸腐壞，那種感覺也越來越淡。

之後，眞人在我的髮間插上用魚骨做成的雪白髮簪，用海鳥羽毛和隨波漂來的馬尾藻做裝飾，我的屍體，被他從船上拋入海中。最後我從肩膀開始，慢慢沉入一片漆黑的海底細沙中。起先還隱約有點感覺，最後連那種感覺也消失了，終於，我只剩下意識的存在。在海中，魚群啄食我身上殘留的肉。我的肉被魚群吃掉，幾乎只剩白骨。

枉我還竊喜，以為自己違抗島規得到真正的命運，結果，那原來只是一時眼花。但是，為什麼我深愛的真人會對我下毒手呢？我哀嘆不平。無法釋懷的心情令我呻吟。但是，我已無能為力。在幽暗的海底，有一陣子，我非常孤獨。可是，埋葬我骨頭的海沙隨波簌簌晃動，就彷彿是輕喚「可憐的波間」的姐姐加美空和母親尼世羅正在為我流淚，令我的心情漸漸平靜。甚至也感到，在海面漸去漸遠的美空羅大人和波之上大人在我的背後微笑。於是，不可思議地，本該已不留任何形體的背部竟微微暖熱起來，頓時充滿幸福。同時，我也逐漸習慣了這種狀態。

醒來時，我發現自己在伸手不見五指的漆黑中。好像正仰臥在濡濕的地上。我靜靜睜開眼，搜尋人影，但是好像無人在我身邊，也沒有在海中曾感受到的加美空與母親的氣息。我終於真正成為孑然一身了，想到這裡，我悲不可抑。但是，應該已經死掉的我，為何還會有感情呢？我以為我的屍骸已沉入海底，猶如死珊瑚腐朽粉碎，正逐漸化為海底細沙。

我試圖輕觸乳房。我那汁液泉湧而出、濡濕夜宵小嘴的乳房。然而，我的身體宛如空氣，自己早已碰觸不到。我費了很長的時間才站起來，在附近踉蹌走動。我發現，自己似乎身在一個有如細長甬道的場所。唯有遠處，隱約射入一線光明。我迎著光爬上陰暗的甬道，朝那個地方前進。

最後，我來到一個就像刻意塞住出口般、被大岩石堵住甬道的地方。從岩縫之間，射進一線光明。藉著那光，我望著自己透明的手指。

「波間，歡迎妳來。」

背後，傳來一個嘶啞刺耳的聲音。轉身一看，只見一名身穿白衣、將長髮高高紮起的女人，正從地下甬道朝這邊走來。她的身分一定很高貴吧。只見她遍體發光。好像比我的母親尼世羅年輕一點，但是非常瘦，很憔悴，因此有時看起來，也像比美空羅大人還老的老婆婆。而且，她似乎心情欠佳。

「波間，妳不用驚訝。妳過來。」

我聽命行事，朝她走過去，畏怯地在她面前磕頭行禮。

「小女子來自海蛇島，名叫波間。」

「這些我都知道。妳是闇夜巫女吧？在妳來之前，我身邊一直無人伺候，所以我很高興妳能來。」

話雖如此，但她的聲調平板，看起來實在不像很高興。

「謝謝您。對不起，請問您是?」

「伊邪那美。黃泉國的女神。」

很遺憾，我沒聽過這個名字。她不是凡人的恐懼卻先湧上心頭，令我甚至不敢抬頭。既然她說自己是女神，那應該就是天神了，但她的模樣一點也不像我以前在島上想像的溫柔天神。

「波間，把頭抬起來。」

聽到伊邪那美神這麼說，我這才抬頭，赫然發現伊邪那美神就緊靠在我身邊。我差點失聲尖叫。她皺起的眉毛險惡地擠在一起，看起來非常不幸。那是一張既像在生氣、又像隨時會哭出來、令觀者極爲不安的面孔。而我，從未見過有這種表情的人。

這時，伊邪那美神用低沉的聲音說：

「這裡是黃泉之國。妳再也回不去了。」

「黃泉之國，就是死者之國嗎?」

「是的。」伊邪那美神回答。

再也回不去了。是的，我是死者。因爲我已被真人殺死。他的手指殘留在脖子上的觸感令我戰慄。

雖然早已覺悟，但我還是感到淚水滑過臉頰。之前被關進網井戶時，我一心只知道害怕。網井戶是充滿生命氣息的死亡世界。可是，這裡毫無生命氣息，是完全的死亡世界。

「妳在哭嗎？波間。這裡的確很寂寞。」

伊邪那美神略帶一絲溫情地說。我一聽可慌了，連忙用透明的手指按壓臉頰。我驚訝地發現，冷如冰晶的淚水已濡濕面頰。

「撇開那個不談，妳看，波間。這個地方，叫做黃泉比良坂。在不久之前，本是黃泉與現世的分水嶺。」

伊邪那美神說。她的語氣聽來異樣悲傷，我不禁抬眼。伊邪那美神像要避開之前我打量透明手指的那道光線，舉起纖纖玉手遮擋。

「可是，我的丈夫伊邪那岐，卻用這塊大石頭堵住出口。並且，連我也被永遠囚禁在這黃泉之國。」

伊邪那美神的說話態度很粗暴，聽起來也像自暴自棄。伊邪那美神一生氣，籠罩身體的淡藍色光芒就威力倍增，變得更強烈。

我撇開臉迴避那團光，向伊邪那美神問道：

「伊邪那美大人。您說被囚禁在這裡，意思是說以前本來可以來去自如嗎？」

若說我心中未抱些許期待，那是騙人的。已成為死者的我明明連肉體也沒了，卻仍窩囊地渴望重回俗世，打聽眞人與夜宵的下落。同時，我也想知道眞人為何要那樣做，夜宵現在長成什麼樣子了。

「從外界，只要想進就進得來。」

伊邪那美神背對射進一線光明的巨岩而立。她那瘦削的身形宛如枯枝，卻威嚴十足。伊邪那美神高高舉起手，指向在前方延展的陰暗甬道。

「波間。我們走這條路，回黃泉之國的神殿去吧。不過，那裡像冰一樣又冷又暗，什麼都沒有。我和伊邪那岐本是恩愛夫妻，卻只有我一人死掉。」

伊邪那美神不甘心地說。我眺望蜿蜒至地底的漆黑甬道。甬道是墓道。我將要伺候這位女神殿下，在地底的黃泉之國度過未來永世吧。雖說早有心理準備，但悲痛還是再次向我襲來。

在我的島上，死者會暫時在「死者廣場」安魂，同時，等待靈魂獨自前往海底。島民認為島的下面就是死者的世界，太陽會繞行一周。換言之，太陽在早上自海面升起，到了夜晚沉入海中，繞行島下一周。因此，每當潛入海中，便會感到那美麗豐饒的世界屬於死者，心靈因此深受滋潤。即便陽光照不進海裡，在深深的海底也有搖曳的海藻與白沙，冰冷的海水就像空氣流動般輕撫屍骸。但是，這裡有的，並非啄食屍骸的魚群和纏繞腿上的柔軟海藻，只有黑暗潮濕與泥土的腥氣。

我再次發問：

「伊邪那美大人，死掉的人再也離不開這裡嗎？」

「除非搬開巨岩，否則未來永世，都將待在這冰冷黑暗的墓穴中。」

往前走的伊邪美那神頭也不回地說。

巨岩。那是結界的證據。我想起在我生長的島上，也有一塊被稱為「神聖標記」的巨岩。那是通往北邊岬角唯一一條路的起點。那是用來宣告不得再往前擅入一步的巨岩，我卻越過「神聖標記」，終於來到了黃泉之國。悲痛令我幾欲心碎。

「不過，也不是完全沒有辦法離開。」突然間，伊邪那美神轉過身，像要窺探我心意般盯著我的眼。「妳想去外界嗎？波間。就算去了，也不能以妳生前的模樣去喔。如果這樣妳也不在乎，那我倒是可以告訴妳方法。」

我沉默著不知如何是好，伊邪那美神聳聳肩。

「不過，我勸妳最好還是打消念頭。就算去了，恐怕也只會令妳羨慕生者，並且自怨自艾，為何僅有一次的人生會活成這種德性。對了，波間。在這黃泉之國，只有無處可去的魂魄才會來報到。這裡是心懷怨恨、遺憾、死不瞑目的幽魂才會來的地方。」

一點也沒錯。我對眞人有怨，對夜宵的下落極為牽掛。我是最適合住在黃泉之國的女人。

3

若在黑暗中豎耳靜聽，雖然細微，還是可以不時聽見宛如波濤的聲響。自遙遠彼方，彷彿大地的脈動，沙沙沙、沙沙沙地傳來雜音。在島上長大的我，每次都像被撼動靈魂，變得坐立不安。我生長的小島，是個滿地珊瑚白沙映著燦爛陽光的美麗島嶼，卻也是只要一有暴風雨來襲，便可能沉入大海的迷你小島，更是長年缺乏食物的貧窮小島。但是，唯有濤聲，總是一成不變地傳來。現在，我竟在陽光照射不到的冰冷泥土下，被不可能聽到的濤聲擾亂心神，這是多麼難以置信的命運啊。

關於濤聲，我決定鼓起勇氣詢問伊邪那美神。伊邪那美神總是蹙起美麗的蛾眉，彷彿有什麼煩惱似地垂著頭，所以我必須看準機會再開口。

「伊邪那美大人，我聽到的那個聲音，是濤聲嗎？這個國度的旁邊，就有大海嗎？」

伊邪那美神似乎不知從何答起，瞪著空中看了半晌。不過，她的視線前方空無一物，只有無垠的黑暗。我們置身的地下神殿，是以微渺冰冷的磷火照明，所以反而更讓人深刻體認到，自己正被茫漠的黑暗包圍。只要來到此地，便再也逃不出去。雖早有覺悟，但是黑暗一旦冷徹骨髓，可以淸楚發覺被一股新的絕望侵蝕。我猶在爲這個念頭愁腸百結之際，伊邪那美神終於勉強開口：

「畫分生者與死者的黃泉比良坂，就在大地與大海的分界處。波間妳聽到的聲音，應該是從海中響起的吧。」

如此說來，之前我倒臥之處，難道也是面向海邊的洞穴入口嗎？得知濤聲乃是來自生者世界，我的心情大爲激盪。若是乾脆便這麼當個死人也就算了，爲何獨獨我被招來黃泉之國呢？還有，爲何我必須承受和生前一樣的激昂情緒和悲痛帶來的打擊呢？

「伊邪那美大人，我身在此地是何緣由？我是死過一次的人，只想返回虛無。死亡，已將我永遠與生者分離。既然如此，我只想擺脫一切，安靜長眠。能不能讓我再死一次呢？」

伊邪那美神回答：

「波間，妳跟我一樣，不得化爲虛無。妳有資格待在這個國度。況且，妳又是闇夜之國的巫女，所以更不用說了。」

我環視神殿內部。冰冷的石頭地板上，以相等間隔並列著粗大石柱。石柱的數目無限，神殿末端消融在黑暗中看不分明。而石柱粗得即便三個成年人手牽手也無法環抱，柱頂同樣高高消失在黑暗中。黃泉之國的神殿，遼闊得無邊無際，是個虛無空間。

杜子背後，悄然站著數名侍從，看來是在靜待伊邪那美神的吩咐。而且，黑暗之中，可以發現到處都有人形魂魄悄然佇立。

「死不瞑目的人，就會來到黃泉之國。不過，幾乎所有的人都會變成一縷幽魂在黑暗中徘徊。沒有身形，也沒有感情與思想，只剩那個人最根本的魂魄。妳看，波間。看起來或許只是無窮的黑暗，但這裡其實飄浮著大批死者的魂魄。」

「這點，我多少感覺得到。」

我這麼回答後，無名的魂魄似乎群聚而來，令黑暗的密度變得更加濃密。死不瞑目的人如果都聚集在此，那些「遺恨」的數量不知有多麼可觀。越想越膽戰心寒的我，忍不住一邊後退，一邊再次向伊邪那美神發問：

「波之上大人也在這裡嗎？」

「她不在。她對命運很滿足。」

波之上大人曾經看著我面露微笑。伊邪那美神說，波之上大人對於與美空羅大人一同結束生命的命運，感到滿足。可是，我卻無法接受與她相同的命運。

「美空羅大人在嗎？」

「美空羅也不在。」

「她倆到哪去了呢？」

伊邪那美神指著上方。

「應該是去天神們所在的天上伺候了吧。」

我腦中一團混亂地看著伊邪那美神的臉。

「伊邪那美大人也是女神殿下，爲何不在天上，卻待在此地呢？」

伊邪那美神毫不客氣地回答：

「因爲我被任命爲治理黃泉之國的女神。」

「那是爲什麼？」

「因爲我的丈夫伊邪那岐太晚來接我了。而且，他還違反了承諾。我跟波間一樣，也對自己的丈夫伊邪那岐心懷怨懟。」

然而，我無法理解的事太多了。我並不清楚伊邪那美神與伊邪那岐神之間的恩怨情仇，甚至連我是否有資格伺候女神都是個疑問。不說別的，首先我違抗了闇夜巫女的命運，就已破了戒。

「伊邪那美大人，您說過因爲我是闇夜巫女，所以有資格待在此地，但我生過孩子。單憑這點，就已不配做闇夜巫女了。」

伊邪那美神的嘴角略歪，也許是在笑。

「就因爲妳生過孩子，才適合做我的巫女。因爲我的死與生產有很深的關係。我就是因爲生孩子才死掉的。」

「這樣嗎。我是生下孩子後，被丈夫殺死的。」

「妳也眞可憐，波間。與妳相比，我或許還算好一些。因爲生下孩子後，我是被專程趕來黃泉之國見面的丈夫休棄。」

肯定早在久遠之前便已過世的伊邪那美神居然同情我，我當下赫然一驚。因爲我感到，原來我的命運比任何人都更具悲劇性。我萌生一種連究竟發生何事、爲何會落到這種下場都莫名其妙，就這麼被打入黑暗中的古怪感觸。這種晦暗心情，可有解脫之道？

4

黃泉之國的一日，比生者的世界過得緩慢。我在這裡伺候伊邪那美神之際，眞人想必正逐漸衰老，而夜宵大概已長大成人變成大閨女了吧。不，夜宵說不定也已變成老太婆了。但是，我知道他們父女倆都還活著，或者雖然死了，卻是幸福滿足地死去。因爲伊邪那美神對於死不瞑目的亡魂瞭若指掌。伊邪那美神的主要工作，就是一天選定一千名死者，以及傾聽死不瞑目的魂魄訴苦。今天在她的辦公廳前，同樣也擠滿了大批男女，一臉茫然地排排站立。

伊邪那美神身穿白衣，幾乎所有的時間都在昏暗的辦公廳內度過。伊邪那美神的屋中攤開的，是生者之國的地圖。乍看之下，宛如沒有水的巨池。但，若在昏暗中凝目細看，便可看出上面有海有島，有隆起的高山，也有又深又長的河流貫穿。伊邪那美神站在大和國的世界圖前，一邊到處走動，一邊灑上裝在透明白碟中的黑水。水是每天早上由侍從自黃泉神殿的水井汲取而來。

除了生病及意外身亡、年紀老邁者之外，被伊邪那美神灑到水的人就會死，其中唯有死不瞑目者會來到黃泉國。伊邪那美神選定死者時，我就在一旁伺候，但我總是不可思議地暗忖，如此美麗的女神殿下，爲何非得做這種討厭的工作不可呢？

某日，黑水從世界圖的高山山頂反彈，有一點濺到我臉頰。那種冰冷令我渾身一顫，我連忙用手抹拭臉頰。

「伊邪那美大人，您是事先決定好要讓某某人死掉，然後才灑水到此人身上嗎？」

我提出疑問，伊邪那美神轉身面對我。

「是事先決定的。」

「那是怎麼決定的？」

「很簡單。凡是與伊邪那岐有關係的女人一律殺無赦。」

我倒抽一口冷氣。

「眞可怕。那您是怎麼知道有關係呢？」

「那個男人，現在，化身爲凡間的男人，正在四處遊走。我從各種生物及死者接獲報告，一直在追蹤他。那個男人絕對逃不出我的死亡之手。」

「您不殺伊邪那岐大人，卻要殺那些女人？」

伊邪那美神眼神恍惚地看著我。

「沒辦法。因爲伊邪那岐是神，他死不了。」

「可是您不是死了嗎？」

我的話令伊邪那美神的臉色一暗。

「即便是神，爲了生產而死的，總是女人。」

伊邪那美神的眼中流露出深刻的憎惡與灰心。這位女神現在究竟在想什麼呢？在女神的身上，究竟發生過什麼事？我感到心魂爲之震動。若我無力承受，會變成怎樣呢？已成爲死者的我，事到如今，不可能再經歷一次死亡。明明已再無可懼，我卻害怕不已。

「伊邪那美大人，之前您提過的事，能否詳細告訴我？伊邪那美大人爲何會成爲黃泉之國的女神？伊邪那美大人的痛苦是什麼？請您告訴波間好不好？」

我鼓起勇氣，抬眼正面凝望伊邪那美神的眼睛。伊邪那美神杏眼圓睜，但或許是因為長期待在黑暗中吧，有點失焦。好像在看著我，其實眼中沒有我。我定定癡望著那雙空洞的眼睛，伊邪那美神終於開口了：

「總算有人肯聽我傾訴，所以我也想說個痛快，一吐心中塊壘，但我住在毫無辦法的圈中。所謂的圈，是不斷旋繞的執念。如此被放逐到黃泉之國的我，一天選定千名死者雖然痛快，可是一旦又想起他，總會湧起無處發洩的憎惡，因而為之痛苦。選定死者的工作不可能愉快。於是我就這樣被迫永遠背負著痛苦。波間，妳知道最難纏的情感是什麼嗎？沒錯，就是憎恨。一旦心懷憎恨，便只能靜待憎恨的烈火自行熄滅，才能得到安寧。但，誰也不知道那究竟要等到何時。是伊邪那岐害我被關進這種冰冷的地下墓穴，所以只要我還在這裡一天，憎恨之火便永不熄滅。讓我告訴妳發生了什麼事吧。妳仔細聽好。」

5

伊邪那美神語帶鄭重地說：

「我就從這個世界創造之始說起吧。那是早在妳誕生的數千年前。很久以前，世界空無一物，只是一團巨大的混沌。起初，世界分爲天與地。之後，一切都被一分爲二，一點一滴地創造出世界。天與地。男與女。生與死。晝與夜。明與暗。陽與陰。說到爲何要一分爲二，那是因爲只有一個不夠。因爲發現唯有二者合一，才能創造新生命。此外，一個價值，在另一個相對的價值襯托下互爲對比，才能產生意義。

「自混沌之中產生了天，產生了地，當天地一分爲二，自天界的高天原現身的，是占據天界中心的最高天神，天之御中主神。不久，天界的創造之神高御產巢日神與地界的創造之神產巢日神相繼誕生。這三位天神，沒有肉眼可見的形體。非男亦非女，是無性的單一神祇。

「當時，說到地上的狀態，土壤就像浮在水面上的油脂，宛如水母，在水上悠悠漂浮。在此，又誕生了兩位天神。一位，是替生物吹入生命的神，宇摩志阿斯訶備比古遲神。另一位是守護天界永恆的神，天之常立神。這些天神，既顯示天界的絕對，同時也促進地上的發展，同樣展現了兩種價值。宇摩志阿斯訶備比古遲神和天之常立神，都沒有肉體。以上這五位天神沒有性別，也沒有肉體，是特別的天神。

「接著出現的，是守護國土永恆的神，國之常立神，以及勢如風起雲湧、替大自然灌入生命的神，豐雲野神。這兩位天神，同樣也是無性的單一神祇，沒有肉體。

「接著，終於到了神分爲兩性的時刻。那就是統整孕育生命之土壤的男神宇比地邇，和女神須比智邇。接著，是替在土壤萌芽的生命賦與形體的男神角杙神，和女神活杙神。其次，是替那生命的形體賦與男女性別的男神意富斗能地神，和女神大斗乃辨神。其次，是令國土豐饒、統整人類的姿態、促進繁榮與增殖的男神淤母陀流神，和女神阿夜訶志古泥神誕生。波間。妳猜接下來誕生的是誰？」

滔滔不絕一口氣說到這裡的伊邪那美神，把臉轉向我。

「是伊邪那美大人與伊邪那岐大人嗎？」我回答。

「沒錯。」伊邪那美神點點頭。「妳瞧，準備得多麼周到啊。我們這些神，並非突然誕生。首先畫分天地，以天之御中主神為首的五神開始創造地上的準備工作。然後，為了畫分男女各具肉體、傳宗接代，二神與五組男女神又扯上了關係。」

「伊邪那美大人，您是為了傳宗接代而存在嗎？」

一無所知的我，冒昧問道。伊邪那美神說我是巫女的理由，我好像懵懂地漸漸領會。也開始明白，她雖身為尊貴的天神，卻也同時是肩負與伊邪那岐大人交媾產子這個命運的女神。

「不僅如此。我是為了追求男人、愛男人而生。因為我們，是男女求愛之神。」

「那麼，為何只有伊邪那美大人成為黃泉之國的女神呢？您說伊邪那岐大人化身為凡人，那他現在在何處？」

我的疑問，令伊邪那美神陷入沉默。伊邪那美神的沉默，漫長得甚至令我懷疑生者世界是否已輪過一回四季。我忐忑不安地暗忖，自己的問題是否冒犯了伊邪那美神。

最後，伊邪那美神嘆了一口大氣後，再度打開話匣子，我這才鬆了一口氣。

「這件事，且讓我慢慢道來。我是求愛女性的代表，伊邪那岐是男性代表。我正如其名地愛著伊邪那岐，渴求他。伊邪那岐也同樣愛我、渴求我。妳知道我倆爲何非得互相深愛、渴求不可嗎？波間。」

伊邪那美神看著我的雙眼。我承受不住伊邪那美神的晦暗眼神，不禁垂頭答道：

「是爲了產子嗎？伊邪那美大人。」

「是的。我倆的頭一項共同作業，就是產下國土。」

「產下國土？」

我驚愕地鸚鵡學舌。

「我們身爲天神，所以必須生產、創造萬物。高天原的天神們，打從一開始下的命令，就是叫我倆將漂浮不定的國土固定下來確立不動。獲得天賜神矛的我與伊邪那岐，走下架在天地之間的天之浮橋，從那裡，兩人合力將矛插進海中攪動海水。於是，海水自矛尖滴落，累積成固定的島嶼。那個島名叫淤能碁呂島。我倆自天上降落淤能碁呂島，建造神殿做爲住處。說到那座神殿之大，這裡根本沒法比。柱子爲了能與高天原眾神交流，高聳入雲。那叫做天之御柱。」

伊邪那美神露出緬懷的神色，仰望地下神殿的上方。我也不由得跟著打量，但柱頂消失在黑暗中。宛如寒冬的暗夜，極目所見，皆被漆黑的闇冥封鎖。我的屍骸，被眞人抛入海中時的情景再次浮現眼前。我的屍骸從肩頭沉入海底沙堆，遭到魚群啄食。那時，我用剩下的一隻眼最後看到的是陰森海底。現在自這地下神殿仰望上方，不禁令我想起彼時情景。

「聽伊邪那美大人這麼說，伊邪那美大人應該是具備咱們女人形態的第一位天神嘍？」

伊邪那美神的敍述太有趣了，令我一時忘了自己的身分，居然脫口說出這種話。結果，伊邪那美神是這麼回答的：

「是的。建在淤能碁呂島上的神殿叫做八尋殿，伊邪那岐就是在那座神殿對我說：『伊邪那美，妳的身體變成什麼樣子？』這是天神第一次擁有女性肉體，所以伊邪那岐也毫無概念。我是這麼回答的：『我的肉體完成了，唯有一個地方，缺口堵不起來。』於是，伊邪那岐說：『我的身體也完成了，唯有一個地方，多出了一塊。』進而，他又這麼說：『我想把我身體多出的部分，插入妳身體的缺口，兩人一起生產國土，妳覺得如何？』我當下一口贊同，『聽起來好像很有意思。』」

我聽著伊邪那美神的敍述，一邊回想起自己與眞人頭一次結合的那晚，不禁倒抽一口氣。我雖有兩個兄長，但年紀相差太多，而且男人們一旦成年就都出海捕魚去了，所以男人是什麼樣的體型，我並不淸楚。因此，乍然看到眞人的身體令我既驚訝，又對與自己截然不同的身體陶醉。

不意間，我忽然非常在意，還活在人世的眞人是否正與誰交頸纏綿。我已經死了，所以眞人另找女人一起生活自是理所當然。可是，一想到眞人殺我棄屍後，或許正對別的女人，做出他對我做過的行爲，我的心情就變得極爲苦澀。這是何等淺薄啊。我都已經死了，卻還有嫉妒之心。

見我沉默不語，伊邪那美神又說道：

「伊邪那岐說：那麼，我們繞天之御柱而行吧。我們約定伊邪那岐自左繞行，我自右繞行，如果撞見了就互相出聲招呼。我繞著巨柱走，只見一個外表俊秀的男人出現。那正是伊邪那岐。我忍不住脫口說出：『這是多麼美好的男子啊。』伊邪那岐本來打算自己先出聲招呼，卻被我搶先喊出，所以他好像有點失望。他連忙回答：『這是何等美好的女子啊。』然後，我倆手牽手，躺在神殿地板上，雲雨一番。結果，生出了第一個孩子，但那孩子，被稱爲蛭子，像水蛭一樣柔軟無骨，是個軟趴趴的孩子。我們把那孩子放在草舟上任他隨波漂走。接著出生的孩子，是名叫淡島的小島。小島不夠格做爲國土，等於白忙一場。究竟是哪裡出了錯呢？我與伊邪那岐，趁著向高天原眾神報告的機會，順便找他們商量。」

伊邪那美神向我問道：

「波間，妳猜我們在那裡，得到什麼指示？」

「我猜不出來。」我老實回答。

伊邪那美神頭一胎懷的孩子，竟是無骨怪嬰。孩子固然可憐，伊邪那美神也同樣不幸。我是在小舟上分娩的，分娩的痛苦，唯有經歷過的人才明白。

伊邪那美神繼續說道：

「據高天原眾神所言，繞柱而行時，我不該先出聲說『這是多麼美好的男子啊』。換言之，錯就錯在女人先開了口。所以，我們決定從頭再來一次。伊邪那岐自左繞行，我自右繞行，伊邪那岐對我說道：『啊，多麼美好的女子啊。』我接著說：『啊，多麼美好的男子啊。』然後，我們再次行房。首先出生的孩子，是淡路島。其次，生下了四國與隱岐島，然後，生下了九州、壹岐島、對馬、佐渡島，最後，生下最大的一個島，也就是本州。這樣產下了八個島，所以稱爲大八島國。」

看樣子，伊邪那美神產下的諸島之中，好像沒有我的故鄉海蛇島。在我那藐小的島上，把伊邪那美神剛才提到的諸島，統稱爲大和。很久以前，多島海尚未納入大和的統治之下，所以被伊邪那美神的故事排除在外。

我記得自己臨死之前，還曾因為看到疑似大和的島影暗自鬆了一口氣。現在，真人與夜宵，不知住在大和的什麼地方。如果就在黃泉比良坂旁邊該有多好啊。夜宵不知長成什麼樣的大姑娘了。如果像真人，體格應該很好吧。如果遺傳到加美空的模樣，應該比我漂亮許多。沒能親手撫養自己的女兒，至今仍令我抱憾不已。

「波間正在回想往事是吧，瞧妳魂不守舍的。」

伊邪那美神語帶譴責，我慌忙請問：

「伊邪那美大人，您平安產下了諸島，後來呢？」

伊邪那美神不知是否說累了，沉默半晌，但她那雙失焦的眼睛定定地凝視著我。

「國土完成了。所以，我們決定生產各種神。」伊邪那美神略帶憂鬱地說。「海神、水神、風神、樹神、山神、野神，以及火神。產下火神時，我受到嚴重燒傷，不治身亡。」

這是多麼令人心疼啊。我不由得發出悲嘆。

「真是太可憐了。」

伊邪那美神滿臉不悅地點頭。這時，一個低沉但清晰的女聲自黑暗中傳來。

「伊邪那美大人，您想必累了，剩下的由我來告訴波間吧。伊邪那美大人不願提及的伊邪那岐大人的情況，也由我來敘述。」

伊邪那美神沒看那人的臉，逕自在低矮的椅子坐下。

「那就交給妳吧。我本來明明很想向波間傾訴，可是說著說著就不舒服了。」

一名女子出現。她不僅身材矮小，體型瘦弱，年紀似乎也已過了五十。雖然外表孱弱，唯獨嗓音卻清亮堅定。

「我名叫稗田阿禮。我的祖先之中有位天宇受賣命⑨，很久以前，據說曾在天岩戶前跳舞。而我有項專長，就是別人說過的話我總是過耳不忘。因此，自神代至今世，我奉命將世間發生的種種向天皇稟告。我敍述過的事情，概由太安萬侶大人⑩寫成書籍。這次，我受流行病侵襲，含恨而死。因爲我還有許多未完的心願。沒想到，有幸能夠來到黃泉之國的伊邪那美大人身邊。死後猶能伺候女神殿下，實在是惶恐又歡喜。」

「客套話不用多說。波間什麼都不懂，妳不妨把市井巷弄間的傳言告訴她。」

伊邪那美神打斷她的話後，自稱稗田阿禮的女人行以一禮，宛如大雨過後奔流地面的雨水，開始滔滔不絕地敍述。

6

「那麼，我，稗田阿禮，要說的是伊邪那美大人與伊邪那岐大人的故事。

「身爲男女求愛之神的伊邪那美大人與伊邪那岐大人，那可眞是一對恩愛夫妻。可是，兩人要生下國土及自然界的諸多神祇，辛苦的，畢竟還是身爲女性的伊邪那美大人。

「之所以這麼說，是因爲生產，的確是一樁賭上生命、異常危險的任務。某日，悲劇發生了。伊邪那美大人在生下火神加具土命時，下腹部受到嚴重燒傷。

「即便如此，伊邪那美大人依然堅持繼續生子。這時自伊邪那美大人的嘔吐物中，

⑨譯註：在日本神話中，當執掌光明的天照大神躲進天岩戶不肯出來，導致世界一片漆黑、眾神發愁時，在思金神的提議下，眾神於天岩戶前進行各種儀式。其中天宇受賣命站在倒扣的桶子上，袒胸露乳，手舞足蹈，逗得眾神大笑，因此堪稱日本最早的舞孃。

⑩譯註：?－七二三，奈良時代的文官，亦寫做太安麻呂。

生出了金山彥和金山姬這對男女神。這兩位是礦山之神。繼而，又從糞便生出波邇夜須毘古神和波邇夜須毘賣神這對黏土之神。自尿液生出彌都波能賣神這個噴水之神。

「彼時，生下的全是與火有關的眾神。礦山與火關係很深，黏土拿去燒便能製成土器。而澆以噴泉，便可熄滅熊熊大火。

「就這樣，伊邪那美大人直到臨死前，還在爲了創造人世，不斷產下國土及各種自然界眾神。但是，伊邪那美大人由於燒傷過重，終究還是死了。

「心愛的伊邪那美大人死去，伊邪那岐大人的悲傷自是無法言喻。因爲伊邪那美大人是伊邪那岐大人敬重的妻子，也是無可取代的愛人，更是一起創造國土的同志。

『『我的愛妻，伊邪那美啊。妳爲何死去。我做夢也沒想到，一個孩子竟會奪走妳的生命。』

「伊邪那岐大人在伊邪那美大人的遺體前哭嚎、怒吼、滿地打滾、哀嘆不止。彼時，自伊邪那岐大人流下的淚水中，誕生的是泣澤女神這位泉神。汨汨溢出的泉水，象徵著伊邪那岐大人永無止境的悲傷。

「伊邪那岐大人把伊邪那美大人葬在比婆山。被埋葬的伊邪那美大人，獨自啓程前往黃泉之國。可是，伊邪那岐大人的憾恨，和他對伊邪那美大人的依戀，怎麼也無法遏止。伊邪那岐大人把氣出在害死伊邪那美大人的火神加具土命身上，拔出掛在腰上的長劍，一劍就砍下了火神加具土命的腦袋。

「結果，加具土命沾在劍上的鮮血灑向四處，產生了眾神。絕大部分，都是表現劍擊之猛烈的神，以及表現刀劍之銳利的暴怒眾神。而劍柄沾附的鮮血灑向四周岩石，產生了帶來雷鳴的眾神。火神加具土命出生，被一劍砍死後，劍的靈力越發光輝。刀劍和火應有斬也斬不斷的緣分吧。刀劍自燃燒的大火中誕生，也可以制止火，所以賭上伊邪那美大人性命的生產，也等於誕生了刀劍這個新權力的象徵。」

「話說，伊邪那岐大人說什麼也要再見伊邪那美大人一面。他心忖：難道真的沒有辦法能讓愛妻起死回生嗎？於是也追去了伊邪那美大人前往的黃泉之國。

「伊邪那岐大人從黃泉比良坂進入黃泉之國。然後，走下漫長的坡道，一路來到黃泉之國的神殿。門雖是關著的，但他知道，心愛的伊邪那美大人就在門後。

「伊邪那岐大人呼喚伊邪那美大人：

「『心愛的伊邪那美，我和妳創造的國家尚未完成，來，跟我一起回去吧。』

「伊邪那美大人聽到這番話，是這麼回答的：

「『心愛的伊邪那岐，我是多麼不甘心啊。你來得太遲了，我已吃下這黃泉之國灶間烹調的食物。只要吃了用這黃泉之國大灶烹煮的食物，就得住在這裡，這你應該也清楚吧。你爲什麼不早點來呢？我也好想你。當然，雖說爲時已晚，但心愛的你，肯來這不潔之國接我，已令我欣喜萬分。我也很想跟你一起回去，所以你能否稍待片刻？只是，我有一個請求。在我沒說好之前，你絕對不能看見我的模樣。』

「只要伊邪那美大人能回來，一切自然好談。伊邪那岐大人當下決定守候，直到伊邪那美大人說好爲止。

「沒想到，等了又等，依然不見伊邪那美大人出現。伊邪那岐大人終於耐不住性子，忘了他與伊邪那美大人的約定，決定去一窺究竟。

「伊邪那岐大人打開黃泉之國神殿大門，裡面一片漆黑什麼也看不見。伊邪那岐大人從他分成左右兩股紮起的頭髮上，取下插在左邊角髮的梳子，折下一根梳齒。點燃那根梳齒當作火把，四處尋找伊邪那美大人。

「某處，傳來猶如雷鳴的轟隆聲響，也瀰漫著腐敗的惡臭。伊邪那岐大人很好奇那是什麼，遂舉起梳齒火把。結果，他看見伊邪那美躺臥眼前。

「怎麼會這樣呢。那美麗不可方物的伊邪那美大人，竟然完全變了一個模樣。腐爛的身體上爬滿蛆蟲，美麗的面孔也變了形。轟隆作響的聲音，原來是蛆蟲在蠢蠢爬動。而且，她的臉上、雙手雙腳、腹部、胸部和下腹部都各有雷神蹲踞蠢動。據說就是因爲這件事，後來才會出現『不能在黑暗中只點一盞燈』這樣的禁忌。

「話說，這下子伊邪那岐大人看到伊邪那美大人腐爛變形的模樣大爲驚恐，當下落荒而逃。伊邪那美大人立刻發覺伊邪那岐大人的闖入，她高叫：

『我不是再三吩咐過你不能看嗎！你竟令我蒙受奇恥大辱！』

「於是，伊邪那美大人派遣一群號稱黃泉醜女的強悍女子去追捕伊邪那岐大人。伊邪那岐大人沿著長長的甬道拚命逃跑，黃泉醜女們則在他身後緊追不捨。伊邪那岐大人取下戴在髮上的黑色髮飾，往後一丟。黑色髮飾一落到地上，立刻開枝散葉，結出串串黑葡萄。黃泉醜女當下駐足，開始爭食黑葡萄。

「爭取到少許時間的伊邪那岐大人，拔腿就跑，但吃完葡萄的黃泉醜女再度追來。伊邪那岐大人這次又取下插在右邊角髮上的梳子，把梳齒折斷往後一丟。梳齒落到地上後，這次只見竹筍自地面冒出。醜女們朝竹筍一口咬去，當下開始狼吞虎嚥。

「伊邪那岐大人才剛喘口氣，這次，又輪到爬在伊邪那美大人身上的八個雷神，帶著一千五百名大軍追來了。伊邪那岐大人最後只好拔出約有十個拳頭長的佩劍，一邊朝後亂揮一邊逃跑。

「好不容易跑到黃泉比良坂的伊邪那岐大人，採下三顆生長在坡上的桃子，往後一丟。於是，全部的追兵都回去了。

「大概是覺得這樣下去沒完沒了吧。最後，伊邪那美大人親自追來了。於是，伊邪那岐大人抬起得靠千人之力才搬得動的巨岩，堵住了黃泉比良坂的入口。並且，向伊邪那美大人道別：

「『我的愛妻，伊邪那美啊。妳既已成爲黃泉之國的女神，我們就此離緣吧。現在，我宣告夫妻離緣。』

「伊邪那岐大人自巨岩的外側，對著在黃泉國內的伊邪那美大人如此說道。可是，不肯罷休的，是伊邪那美大人。都是因爲伊邪那岐大人來得太晚，才會害她吃下黃泉之國灶間烹調的食物，在她本已決心在黃泉之國定居下來時，又被姍姍來遲的伊邪那岐大人看到她醜陋的模樣。這種憾恨，不知有多麼強烈。

「伊邪那美大人自巨岩內側如此答道：

「『心愛的伊邪那岐，你給我的打擊是何等殘酷啊。不僅把我關起來，甚至還說要離緣，既然如此，我也有我的對策。我決定從今以後，一天扼殺一千名你的子民。』

「伊邪那岐大人回答：

「『心愛的伊邪那美啊，既然妳這麼說，那我會一天建一千五百座產房。換言之，每日將有一千五百個新生命誕生。』

「因此，在這世上，每日必有千人死亡，也必有一千五百條新生命誕生。同時，被巨岩所阻的伊邪那美大人，從此被稱爲黃泉津大神，成爲黃泉之國的女神。」

稗田阿禮就此打住，窺視伊邪那美大人。看她不知疲倦地滔滔不絕，想必還想再繼續說下去吧，但她似乎很擔心伊邪那美神的反應。

伊邪那美神面無表情地歪著頭凝視空中。是在回憶，抑或，毫無感覺呢？從她臉上，無法推測伊邪那美神的內心世界。

而我，老實說，得知伊邪那美神每日選定千名死者的理由後，大受衝擊。沒想到與伊邪那岐神發生爭執後，她竟會說出如此殘酷的決定。對於自己的憤激之言，她想必也很後悔吧。

不過，伊邪那美神的內心，幾乎全是對伊邪那岐神侮辱她、把她關在黃泉之國的怨恨。我伺候伊邪那美神，不也就等於要幫助伊邪那美神發洩這股怨氣，每日扼殺一千人嗎？想起濺到臉頰上的冰冷水滴，我畢竟還是不免心驚。

但稗田阿禮可不管我這些心思，逕自又說了下去：

「話說，與伊邪那美大人離緣，好不容易回到葦原中國⑪的伊邪那岐大人，對著天

⑪譯註：神話中對於日本國土的稱呼，介於天上的高天原和地下的黃泉國之間的凡人世界。

上大叫：

「『啊，我去了何等不潔的地方啊。所以，我必須把身體洗淨。』

「伊邪那岐大人朝九州的日向走。並且，在小門的阿波岐原這個地方的河口，把身上的衣物全部脫掉，袒胸露體。從伊邪那岐大人脫下的衣服和手杖、袋子，誕生出各種神祇。其中，也有帶來災禍的神，因此伊邪那岐大人決定把身體洗淨除穢。

『『上游的水流湍急，下游的水流又太弱。』

「伊邪那岐大人說著，走進中段的河中，潛入水裡，開始洗滌身體。自不潔之國沾附身體的污垢，誕生了八十禍津日神和大禍津日神。這兩位神祇，是帶來災禍的惡神。伊邪那岐大人爲了矯正他們帶來的災禍，再度淨身。於是，誕生了神直毘神、大直毘神、伊豆能賣這三神。

「伊邪那岐大人潛至水底後，誕生了底津綿津見神和底筒男命。到了水的中段，誕生了中津綿津見神與中筒男命。等到他回到水面沖洗身體時，又誕生了上津綿津見神和表筒男命。這些綿津見，指的是海。因此，產下的都是與海有關的神。

「完全洗去黃泉之國的不潔後，伊邪那岐大人清洗左眼。於是，出現了一位美麗的女神。這位女神，名叫天照大神。天照大神，意思是太陽女神。伊邪那岐大人接著又清洗右眼，這次出現的是月讀這位爽朗的男神。名字正如字面所示，是黑夜之神。伊邪那岐神最後淸洗鼻子，於是誕生了勇猛的天神建速須佐之男命。須佐之男命，是大海之神。

「自黃泉國歸來淨身完畢後，順便也產下三個出色孩子的伊邪那岐大人，大爲歡喜。他尤其鍾意美麗的日照大神，如此說道：

「『我陸續生下不少孩子，最後能夠得到三個出色的孩子，我很滿足。』

「說完，他當場取下脖子上的鍊子。那條鍊子尾端，垂掛著一塊美玉。伊邪那岐大人把那條鍊子掛在天照大神的脖子上。天照大神成爲掌管高天原、位高權重的神祇。月讀神成爲統領黑夜的神祇。弟弟須佐男命成爲掌管大海的神祇。

「過去和伊邪那美大人合力生產國土的伊邪那岐大人，這時爲何可以單身逐一產下各種神祇呢？據說是因爲去了黃泉之國，可能因此得到那種力量。

「產下光輝的美神天照大神，似乎令伊邪那岐大人對自己的工作頗爲滿意，他說：『生產眾神的工作到此足矣。』

「不過，伊邪那岐大人並未忘記他與伊邪那美大人離緣時說過的話。換言之，如果伊邪那美大人要扼殺千人，他便立誓建造一千五百座產房。

「伊邪那岐大人這次決定化身爲凡人，自己製造優秀的子嗣。所以，伊邪那岐大人一旦風聞大和各地有什麼出名的美女，就會啓程去造訪，一一納爲妻子。在此期間，伊邪那岐大人的新妻子想必也逐一生下了孩子吧。伊邪那岐大人就是用這種方式，彌補伊邪那美大人扼殺的生命。」

「夠了。」

突然間，伊邪那美神打斷她的敍述。

稗田阿禮仰望伊邪那美神，然後深深嘆息。想必她這時才發現，自己的敍述，惹得伊邪那美神極爲不悅。

伊邪那岐神自黃泉之國歸來，與伊邪那美神離異後的情況，等於是直接否定了他與伊邪那美神曾經攜手走過的歷程。伊邪那美神所在的黃泉被他稱爲「不潔之處」，不僅伊邪那美神，就連身爲死者的我們，亦同感悲哀。而且之前明明一同產下國土，現在伊邪那岐神卻突然具備獨自產下眾神的力量，甚且，還得到天照大神和月讀神這麼出色的神祇，爲之心滿意足。

被幽禁在不潔之國的伊邪那美神，讓伊邪那岐神撞見她腐爛猥瑣的模樣，完全失去昔日國母的尊嚴。曾將與伊邪那岐神一同生產國土子嗣視爲生存意義的伊邪那美神，現在竟然來個一百八十度大轉變，將選定千名死者當成每日例行工作，這是何等諷刺啊。

我想起伊邪那美神說過的話。

「天與地。男與女。生與死。晝與夜。明與暗。陽與陰。說到爲何要一分爲二，那是因爲只有一個不夠。因爲發現唯有二者合一，才能創造新生命。此外，一個價値，在另一個相對的價値襯托下互爲對比，才能產生意義。」

伊邪那美神死後，被迫接受了兩個價値之中陰暗的那一半。地，女，死，夜，暗，陰，以及邪穢。恕我僭越，女神的遭遇豈非與我一模一樣？曾在海蛇島上，承受「陰」的命運，被眾人視爲「邪穢不潔」的我，很能夠體會伊邪那美神的不甘與憤怒。

伊邪那美神開口發話：

「阿禮說的都是眞的。在我選定千名死者時，我總是先扼殺伊邪那岐的妻子。如此一來，人們看到伊邪那岐出現，應該會視爲災禍降臨而紛紛走避吧。」

稗田阿禮蹙起稀疏的眉毛。

「伊邪那美大人，您怎麼會說出如此可怕的話。」

伊邪那美神瞧也不瞧稗田阿禮。

「哪裡可怕了？既然把我幽禁在此，害我變成死亡世界之神，他起碼該有這點心理準備。」

我感到伊邪那美神全身上下，都散發出漆黑的熊熊怒燄。我和稗田阿禮不由得屈膝跪倒在地。在四周飄浮的幽魂，也倏然屏息，一片死寂。

「波間妳認爲呢？」

伊邪那美神用冰冷的眼神朝我瞥來。但，我惶恐得連眼都不敢抬。

「您生氣是應該的。」

我老實說。當然，嫁給伊邪那岐神的女子一一遭到賜死，的確很殘忍，我也擔心這樣有損伊邪那美神的名聲。但，對於伊邪那美神的心情，我非常能夠理解。如果伊邪那岐神一筆勾消他與伊邪那美神的過去，就這麼若無其事地重新娶妻生子，那麼曾經與他一同創造國土、爲了生產而喪命的伊邪那美神又該置於何地？她的尊嚴，要靠誰來挽救？伊邪那美神對伊邪那岐神的愛意，又該怎麼辦？我在心中立誓，即便只剩我一人，我也要盡力協助伊邪那美神。

「伊邪那美大人，我完全明白自己置身此地的原因了。從今以後，我會盡心伺候您。」

即便我如此表明，伊邪那美神依舊臉色陰沉，不發一語，逕自走出選定千名死者的房間。

第三章　世間處處

1

伊邪那美神開始選定死者的例行工作後，我便守在一旁，默默觀望伊邪那美神到處揮灑黑水。若是生物壽命自然衰竭的人，那我無話可說，但若是年紀輕輕便猝死，這種人其實是伊邪那美神賜死所造成的。尤其是嫁給伊邪那岐神的女子，逐一遭到賜死，在生者世界想必引起不小的騷動吧。我親眼目睹那戲劇化的瞬間，就這麼冷眼旁觀。突然間，伊邪那美神將裝水的器皿放到地上，黯然嘆息。

「波間，我與伊邪那岐拚命生產國土與諸神，難道都是徒勞嗎？」

「您這是什麼話，絕無此事。伊邪那美大人不是替大和國奠定了建國基礎嗎？伊邪那美大人的所作所爲，沒有一樁是徒勞。」

「那麼，爲何我會待在這種地方？」

伊邪那美神指著地下神殿無邊無際的天頂。飄浮各處的幽魂，隨著伊邪那美神的動作，似乎慌忙快速地掠過。

「因為您過世了，成為掌管黃泉之國的女神。」

「那又不是我自願的，況且神才不會死呢。」

伊邪那美神罕見地微露怒氣。我當下噤口。伊邪那美神的命運是誰決定的，我的確不清楚。想必，是高天原最高位的眾神決定的吧。不過，我能夠理解伊邪那美神的不滿。

「我與伊邪那岐結為夫妻行房交媾，拚命生產國土。明明做的是同樣的工作，為何伊邪那岐卻能置身事外，獨自站在陽光下。」

憤然放話後，伊邪那美神似乎很累，在御影石做成的椅子落座。我為了激勵伊邪那美神，拚命勸說：

「伊邪那美大人是因生產而過世，所以只能說事出無奈。就這點而言，伊邪那岐大人是男性，所以才能安然無恙。這就是您二位的命運分歧點。」

然而，伊邪那美神依然餘怒未消。

「但是，伊邪那岐明明身為男人，自黃泉之國回去後，居然產下了眾多神祇。而且，還產下天照大神這位太陽女神，稗田阿禮說，他很高興能生出最高位的神。而我這個女人生的孩子，根本沒資格成為最高位的神，所以我才會被視為邪穢，囚禁在黃泉之國嗎？曾經如此相愛的男人，現在居然各分東西，令我獨居死亡世界。甚且，伊邪那岐還不停迎娶新妻，產下更多新生命。波間，妳能理解嗎？我是對自己身爲女神感到悲哀啊。」

伊邪那美神說著發出嘆息。我無話可說，只能默默垂首。因爲我打從心底認爲，伊邪那美神說的一點也沒錯。

之後，伊邪那美神一蹶不振，鎮日只是默默執行自己的工作。

但是，選定死者的工作，老實說，事後的感覺很不舒服。一旦賜死，便得與愛人遭到無情的拆散，獨自走上死亡之路。正因誰也逃不過死亡，所以縱使這是無可迴避的命運，突然猝死還是令人不甘心。被伊邪那美神賜死的魂魄，恐怕會帶著滿心遺憾，變成悲哀的幽魂吧。

請看。在這地下神殿，密密麻麻地站滿了滿懷悵恨的冤魂，懊悔著早知會這麼早蒙神寵召，當初應該如何如何才對。

伊邪那美神的工作，就是爲眾人帶來悲傷，近似災禍。相較之下，伊邪那岐神努力建造產房，每日製造一千五百名新生命，做的是帶來幸福的工作。因此，他遍遊各地迎娶美女，據說每天除了專心製造新生命，不做他想。原本恩愛的兩人被死亡拆散，不得不走上差異如此巨大的道路，這究竟該怎麼說呢？伊邪那美神陰鬱的神情，正是因爲她時時都想到這一點。

「伊邪那美大人，我也有疑問。」

我看準時機斗膽開口。

「波間，妳想問什麼？」

伊邪那美神把她端起的碟子交給我。我小心翼翼地接下以免灑出，將碟子輕輕放在冰冷的石頭地板上。

「伊邪那美大人是怎麼知道另一個世界的情況呢？之前，伊邪那美大人曾說，各種生物和死者都會向您報告，那又是怎麼一回事？」

「妳還沒發現嗎？波間。」

伊邪那美神微微一笑。伊邪那美神暌違已久的笑容，令我心情雀躍。

「發現什麼？」

「妳看，就是這個。」

我完全不明白伊邪那美神想說什麼，只能愣怔地遊移目光。伊邪那美神在陰暗的室內東指西指。

「妳看，有蒼蠅吧？」

我驚愕抬頭。的確，有蒼蠅在飛舞。那是造訪死亡世界的小動物。

「從黃泉比良坂進來的蛇類、小蒼蠅、蜜蜂、黑螞蟻等各種昆蟲都會向我報告。候鳥對別的鳥耳語，鳥群再告訴昆蟲，然後把消息匯集到我這裡。」

我忍不住傾身向前。

「所以，您才會對伊邪那岐大人後來的發展瞭若指掌？」

「但，伊邪那岐卻不知道這件事。」

伊邪那美神的神情變得僵硬。我有點遲疑，不知該不該繼續說，最後還是鼓起勇氣開口：

「伊邪那美大人，我的丈夫和女兒後來過得怎樣，那些昆蟲，該不會也曾透露一二吧？」

「我聽說過。」伊邪那美神回答。「妳一來到這裡，小羽蟲就已告訴我了。」

我大為驚愕，甚至忍不住東張西望，懷疑他們父女倆該不會也已經死掉，變成黃泉之國的一縷縹緲幽魂吧。雖然心中有恨，但我實在不明白眞人的用意。所以，想見他一面的願望也很強。我按捺激動的心緒，小心請問：

「我的丈夫與女兒，在大和的哪裡？現在是怎麼生活的？」

伊邪那美神的回答出乎意料。

「不在大和。眞人好像帶著妳的女兒回島上去了。」

我當下啞然。眞人為何折返小島，我實在不明白。那趟艱苦的航海，究竟是為了什麼？單只是為了殺我？當初不只是為了自己，我也希望我們的孩子能擺脫島上殘忍的宿命，結果我們賭上性命的逃亡，原來根本毫無意義。

我流著眼淚，懇求伊邪那美神。

「伊邪那美大人，我想知道更多詳情。該怎樣才能知道呢？若能得知他倆的消息，我情願接受任何懲罰。」

好一陣子，伊邪那美神保持沉默。伊邪那美神一旦陷入沉默，往往得經過許久，才會再次回答。時間耗得越久，她說出的話就越重要。因此，我耐心地在一旁等著。良久，伊邪那美神終於開口了。

「妳用不著接受懲罰。不過，縱使知道生者現在的情況，妳恐怕也不可能得到救贖。」

我深深頷首。

「這個我明白。我並不奢望得到救贖。只是，我眞的很想知道，眞人和我女兒現在過著什麼樣的生活。」

「我勸妳還是打消念頭。」

伊邪那美神不帶感情地說。

「爲什麼？您知道什麼內情嗎？」

我反問，但伊邪那美神只是緩緩搖頭。

「除了他們回到島上之外，我毫無所悉。況且，我也不想知道。一旦得知生者的作爲，絕不會有好事。待在死亡世界的人，爲了自己著想，還是忘記生者比較好。」

我想起稗田阿禮說過的話。伊邪那美神想必正遙想起，當初伊邪那岐神與伊邪那美神在黃泉比良坂分手後，慨嘆「自己去了多麼不潔之處啊」，當下淨身除穢，逐一產下聖潔諸神的事。還有，他迎娶人間嬌妻，不斷生子的事。

身在黃泉之國，就表示今後必須永遠接受邪穢。我的下場也一樣。望著伊邪那美神陰沉的表情，我不得不開口說道：

「伊邪那美大人，聽到丈夫與女兒回到島上，我實在無法保持平靜。就算只有一次也好，我一定要去看看生者的世界。」

「既然妳這麼堅持，那我就告訴妳唯一的方法吧。波間妳不是神。只有魂魄，所以妳可以變成小蒼蠅或蛆蟲。」

之前，伊邪那美神說「也不是沒有方法離開」，原來指的就是這個。

「無所謂。我願意變成蟲子出去。」

「波間，妳眞的不在乎嗎？」伊邪那美神冷冷地說。「那表示妳不能以凡人的身分出現喔。變成蒼蠅蛆蟲，有什麼好高興的。有什麼東西值得妳不惜變成那樣也要看。就算看到同樣的東西，妳能有同樣的感受方式嗎？若眞是這樣，那麼凡人與神果眞不同。」

然後，伊邪那美神充滿試探地看著我。之所以用試探來形容，大概是因爲她懷疑，我是否真有膽量變成那麼藐小卑微的生物吧。

「而且，只有一次機會。昆蟲一旦死了，就必須重回黃泉之國。只有這種方法，即便如此，妳還是想看嗎？更何況，誰也說不準屆時妳會怎麼死掉。妳將會再次嘗到死亡的痛苦喔。」

伊邪那美神說著，再次拿起碟子。然後，彷彿懶得費神，隨手便將剩下的水倒在大和國的中央地帶。伊邪那美神這種隨便的倒法，想必會令大和突然出現大量死者，引起一陣騷動吧。

我離開伊邪那美神的辦公廳，走在地下神殿昏暗的走廊上。心裡一邊想著，如果有機會，我一定要親眼確認。但是，一旦鼓起勇氣去了外界，將來要重回黃泉國時，想必會很痛苦吧。想到這裡，我實在提不起勇氣。但是，我渴望親眼確認他們父女倆的生活情況。其中也帶有對伊邪那美神說出「凡人與神果真不同」這種話的反感。我的心情千頭萬緒，困惑不已。

「波間，妳好。」

稗田阿禮自巨柱後面現身。阿禮惦記著自己的敍述觸怒伊邪那美神，所以暫時不敢在伊邪那美神面前出現。

不過，我倒是常和阿禮交談。生前工作就是專門在王公貴族面前說話的阿禮，說起眾神的故事簡直像親眼所見。而且，即便叫她再說第二遍、第三遍，她還是可以說得一字不差。時間雖短，但阿禮說的故事，在毫無樂趣可言的黃泉之國，為我帶來小小的愉悅。

「波間，妳的表情很悶喔。」

比我矮一個頭的稗田阿禮，伸長了脖子湊近窺視我的臉。我討厭別人打探我的心事，當下不假思索地撇開臉。

「在這種地下神殿，有什麼事擾亂妳的心神嗎？是被伊邪那美大人罵了？」

好奇心旺盛的阿禮，試圖拉起我的手。彼此都只有魂魄，肉體是透明的。因此，她自然拉不到，但我彷彿可以感受到阿禮的力氣，不禁赫然一驚。我和阿禮，都只有感情與意識，是只限當下的縹緲存在。可是，卻在一瞬間意外地感受到他人肉體，這是多麼令人懷念的觸感啊。生命是美好的。可惜，我已死去，被關在這裡，與生者的世界遙遙相隔。我受困在不知如何是好的焦慮中，忍不住向阿禮吐露一切。

「從伊邪那美大人那裡聽說我的丈夫與女兒折返島上，令我的心情大受動搖。」

阿禮面帶驚訝地回話：

「波間，妳是死者吧，怎麼可能會動搖。活著的人，或許會哀嘆我們的死，但他們很快就會把死者拋在腦後。生者都是任性、自私、健忘的。就連我們自己，不也是如此嗎？生者的事，早已與我們無關，別去理會不就沒事了。」

阿禮大剌剌地說得乾脆，但我說什麼也無法割捨。就算告訴她，我與眞人當初是如何抱著必死的覺悟逃離島上的宿命，對於沒有家人、生前備受大和掌權者寵愛的稗田阿禮來說，也不可能理解。

「我只恨無法拯救我的女兒。」

聽我這麼說，阿禮大概覺得自己說錯了話吧。這次，她邊笑邊調侃：

「我懂了。波間，妳不只掛念女兒，也忘不了丈夫吧。波間，妳年紀輕輕就死了，一定會介意丈夫現在在哪，跟什麼樣的女人在一起吧？我說的對不對？」

的確，即便死後，我也沒有一天忘記過眞人。我想知道的，只有一件事，或許我只想知道眞人的眞正意圖。伊邪那美神哀嘆的，或許也正是她對伊邪那岐神愛意不變，何以卻被關在黃泉之國——不，應該說是伊邪那岐神的變心吧。

生者是驕傲的。不惜把死者踩在腳下，只想追求自己活在世上的喜悅。當然，既然已經死了，也莫可奈何。不過，伊邪那美神想告訴伊邪那岐神的，也許是「至少請你不要否定我們曾經一起做過的事、曾經談得興高采烈的話」吧。我對眞人所抱持的，是與伊邪那美神同樣的疑問。當初抱著必死的決心，好不容易才逃離島上，爲何他要自行折返？

自沖而來　鴨群之島
誘我而眠　永矢不忘
世間處處

（在那自海上飛來的　野鴨棲息的島上
曾經誘我同眠的　心愛的你叫我怎能忘懷喲
即便到這世界盡頭）

阿禮高聲吟詠。這首短歌，我聽阿禮說，是別名山幸彥的火遠理命，送給海神宮的公主豐玉姬的情歌。豐玉姬生下火遠理命的孩子時，變成鱷魚的模樣，被火遠理命撞見，在羞憤之下，她拋下孩子，獨自回到海底的海神宮。可是，她忘不了自己拋棄的孩子，遂派妹妹玉依姬去照顧孩子。據說，這就是火遠理命對於玉依姬帶來的詩歌所做的回答。

正如火遠理命吟詠的「世間處處」，我也同樣直到世界盡頭，仍舊無法忘懷眞人。而且，就像豐玉姬掛念孩子，我也同樣擔心夜宵。夜宵能夠在島規嚴格的海蛇島生存下去嗎？如果，我也有個像玉依姬一樣能夠託付一切的妹妹該多好啊，當我聽阿禮敍述火遠理命的故事時，不禁如此深深感慨。然而，我與加美空已被分隔到無法互相幫助的對立世界。

「阿禮，我想離開黃泉國，去看看我們島上的情況。」

我向阿禮表明。

「那種事有辦法做得到嗎？」

阿禮驚訝地反問。

「是的。我聽伊邪那美大人說，只要化身成自黃泉比良坂進來的蒼蠅或螞蟻等小生物就行了。那裡是生者的世界，所以聽說會有很多昆蟲進來。」

阿禮開心得猛拍小手。

「哇，原來是這樣啊。既然如此，我也要去。我也好想看看，在我死後，世界變成怎樣了。我的名聲如何、葬禮辦到什麼程度，這些我非得自己親眼瞧一瞧不可。」

阿禮大概很在意自己死後的評價吧。

「阿禮。可是，那只有一次機會，聽說昆蟲如果死了，就得再次回到黃泉之國喔。這樣妳也不在乎嗎？」

「無所謂呀。我還是要去。波間，妳呢？」

阿禮似乎已下定決心。

既然決定了，我便片刻也待不住了。我與阿禮，當下決定朝黃泉比良坂出發。伊邪那美神對我們的行動，想必全都看在眼裡吧。經過她的房前時，我曾出聲招呼，但她並未現身。

我們離開地下神殿，在陰暗的甬道邁步走出。過去，據說憤怒的伊邪那美大人曾派遣大批黃泉醜女的甬道，現在悄然無聲，毫無生物的動靜。我們不發一語，憑雙手摸索著，一路走上黑暗的緩坡。

最後，我們走到遠處可見一線光明的地方。我們終於抵達黃泉比良坂了。這是伊邪那美神被伊邪那岐神宣告永別的場所。同時，也是死去的我曾經躺臥的地方。我目眩神迷地朝那自生者世界射來的強光望了半晌。不是要變成蟲子，我想起死回生，我強烈渴望重新再活一次。然而，那是絕不可能實現的奢望。我淚水盈眶。

「波間，妳一定正在想，妳才不要當什麼蟲子，妳只想起死回生對吧？」

高齡的阿禮在坡道上氣喘噓噓地對我囁嚅，我怕萬一傳入伊邪那美神的耳中就不妙了，連忙低聲耳語：

「妳說對了。」

年齡幾乎可當我祖母的阿禮，萬分同情地說：

「妳才十六歲，也難怪妳會這樣。我十六歲的時候，早已進了宮，在各種王公貴族面前說故事。人們都說我是聞一知千、即便聽過千言萬語也能一字不漏倒背如流的天才少女。」

阿禮不勝緬懷往昔地說。

「阿禮，當初妳來黃泉國時，是在哪清醒的？」

阿禮轉過頭，眺望後方的黑暗。

「我是在神殿的門前。驟然醒來，自己怎會躺在這麼黑暗的地方令我很不安。當初，我是因爲感染風邪，演變成肺疾，才一病不起。我本來還想活更久說更多故事，所以心裡非常遺憾。因此，當下我還很高興以爲自己還活著。結果，大門忽然開啓，伊邪那美大人走出來，對我發話。她說：『妳就是稗田阿禮嗎？聽說妳擅長敍述諸神的故事，改天我倒要好好聽個仔細。』當時，我得知站在眼前的是伊邪那美大人，眞的好感動喔。因爲我發現自己說過的故事並非虛構。所以，來到此地後的我雖然寂寞，幸好總算與自己過去的工作有關，所以我倒也並不排斥。」

聽著阿禮訴說，我終於醒悟，原來我至今還無法接受自己的命運。我生來就是要效命幽冥之國的巫女，所以伺候伊邪那美神可說是命中注定。但是，我卻熱切盼望著，不管是要變成骯髒的蛆蟲也好，爬在地上的蛇類也好，乃至就算成蟲也只能活七天的蟬也好，總之，我只想再看一次活生生的世界，看看自己所愛的人現在過得如何。

「咦，那是螞蟻耶。紅螞蟻爬進來了。螞蟻動作雖慢，但壽命應該很長。我要變成螞蟻，去看看我死後的世界。」

阿禮凝目看著地面說。

「波間，下次如果在這裡重逢，我再把我的所見所聞告訴妳吧。再會了，妳要多保重。」

她要怎麼變成螞蟻呢？我感到很不可思議，但一轉眼阿禮就消失了。只見一隻小紅蟻急忙改變方向，匆匆忙忙朝明亮的那一頭爬行而去。

我不可能變成在地上爬行的螞蟻，因爲我必須從這裡越過汪洋大海，前往海蛇島。我不奢求變成鳥，但是至少能不能爲我飛來一隻有翅膀的昆蟲呢？我站在被伊邪那岐神堵住的巨岩前，一邊祈禱，一邊把手舉向那一線光明。

這時，隨著嗡嗡嗡的聲音，突然飛進黃黑條紋相間的巨蜂。我從未見過這種蜂類。不過，看起來應該飛得很快很強悍。再沒有比牠更適合的昆蟲了。我當下默念：我要變成這隻蜂。

2

變成一隻蜂的我，自黃泉比良坂的細小裂縫飛出去。暌違已久的空氣壯闊芳香，生命的喜悅，以及得以自由飛翔的樂趣，幾乎令我酩酊。不過，這趟旅程是漫長的。我繃緊神經環視四周。

正如伊邪那美神所言，黃泉比良坂的前方就是碧綠大海，白浪滔天不斷拍岸而來。我四處飛行搜尋船隻，但停泊在附近海灘的，全是小型漁船。我不能浪費時間。我決定朝更南方的大港前進。途中，發現熟透的甜瓜落地裂開，我當下狼吞虎嚥一頓，不過之後就再也沒找到食物了。

變成一隻蜂的我，究竟還剩下多少生命，我毫無概念。不過，能夠回到生者世界的機會，這是第一次也是最後一次。在有限的時間中，不管怎樣，我一定得回到海蛇島，親眼看看眞人與夜宵現在過得如何。所以就算找不到食物果腹，也無暇休息，我還是急著趕路。

我連續飛了三天三夜，第四天早上，終於抵達遠在黃泉比良坂更南方的大港。我疲傯地停在樹幹上，搜尋有無前往多島海的船隻。結果，我發現一艘正在卸下白貝殼的船。那是一艘在我的島上從未見過、掛著白帆可搭乘三十人以上的大船。

幾個半裸的男人，正聯手將裝在大籃子裡的護寶螺貝⑫和夜光貝、蜘蛛貝卸下船。啊，這是多麼令人懷念的景象啊。雪白多肉的護寶螺貝，必須潛到海底才能捕獲。所以，受過訓練可以長時間憋氣的女人，以及長途航海歸來的男人們，會潛水找這種貝類。

我曾聽說，護寶螺貝可以加工製成手環與項鍊，但在我們島上看不到那樣的工藝品。因爲捕獲的護寶螺貝，總是立刻被男人們裝上船拿去交易。如此說來，只要上了那艘船，應該可以抵達多島海附近吧。我避人耳目地壓低拍翅聲飛行，悄悄依附在船的桅杆上。

這艘船，在翌晨出航。爲了避免被風吹走，我躲在船底的貨物後面或停在船邊，不吃不喝地過了數日。

「是大黃蜂！快殺了牠！」

驟然之間差點被人用船槳打死，我慌忙飛到海上。那時我耐不住口渴，正繞著裝有飲用水的水缸飛行。

⑫譯註：Tricornis latissimus，琉球群島特產的大型卷貝。

「眞稀奇，船上居然有大黃蜂。」

水手們很驚訝，對著飛來飛去不肯離船的我指指點點。

「小小一隻黃蜂，居然這麼自大。這傢伙到底打算去哪裡？」有人這麼嘲笑。

「萬一被螫到會死的，如果牠再飛回來，就殺了牠。」

也有人說著再次抓起船槳。我頭一次發現，原來自己是令人類害怕的危險毒蜂。

這時，一個穿白衣的年長男人自船頭出現，安撫水手。

「毋寧該說，牠也許會帶來好運。若牠再飛回來，就讓牠搭船吧。」

我這才安心回到船上。於是，那個男人笑了。

「看來好像聽得懂人話呢。你若肯保證絕不螫人，我就讓你搭船。如果你同意，就畫個圓圈飛給我看吧。」

我當下畫出圓圈。水手們一陣熱烈喝采後，面面相覷地說：「這隻蜜蜂眞的聽得懂人話」。之前還想抄起船槳打死我的男人，指著我說：

「這隻黃蜂，也許是航海守護神。」

就這樣，我公然住在水缸下，喝著溢出的清水，獵食船艙裡的小蟲。黃蜂不僅吸食花蜜，也吃昆蟲。只要沒有暴風雨來襲，我想我應該可以就這麼活下去。

待在船上，不知過了多少天。兩週，不，也許更久。在海上，我感到自己越來越衰弱。再這樣下去，說不定還沒抵達小島就會死，不得不就此返回黃泉之國。唯獨這點說什麼都不行，我很怕半途死掉。

風狂雨驟，逼得我要去船底時差點被吹走的情形不只一兩次。每次，船都會駛入小港或島嶼的海口躲避風雨。沒有島嶼和港口時，只好就這麼在汪洋大海上任由風雨翻弄。這絕非一趟平穩的航程。其間，我一直忐忑不安。我很焦急，深怕再不快點抵達，自己就會死掉。不過話說回來，帆船的速度，和我之前與貞人坐的連帆都沒有的小舟相比，可謂天壤之別。只要有風，帆船便飛也似地快速滑行海上。想當初我與貞人，可是順水而流，整整漂流了半年以上。

某日，船駛近一個樹木蓊鬱的大島。然後，小心翼翼地駛入迂迴曲折的海口。這是個栲樹林直逼海邊、白沙耀眼的美麗港口。我的心跳加快。

停在船邊放眼望去，只見男男女女三三兩兩現身港口，歡欣鼓舞地揮手迎接船的到來。人們的臉孔曬得黝黑，濃眉大眼的外貌，令我油然生起懷念之情。他們穿的衣物，不也跟我的小島有類似的花色與外形嗎。我確信，自己已來到海蛇島附近，於是自船上飛起。

「你們瞧，大黃蜂要下船了。」

水手指著我說。

「原來你的目的地是南方島嶼啊。」

「要好好活下去喔。」

水手們七嘴八舌地向我揮手道別。我也一再畫出圓弧，向他們道謝。

南島風情令我陶醉得連長途航海的疲憊都拋在腦後。這是個慵懶的午後，馬鞍藤在熱風中輕輕搖曳誘捕昆蟲。到了傍晚，從粉紅色變成淺褐色的黃槿花，紛紛墜落地面。好久沒看到花朵與果實，我當下陷入狂喜，不停飛舞打轉。我吸食苦檻藍⑬的花蜜，灌滿一肚子的紅木荷甘露。然後，我飛入樹木蒼鬱的山中，獵食昆蟲與蜘蛛，躲在葉片下睡覺。無盡延伸的藤蔓，茂密的植物，活潑的昆蟲，在乾涸沙地上滑行的毒蛇。一切都與我的故鄉小島極為相似。不過，這裡還不是海蛇島。

翌晨，恢復精力的我，朝著太陽升起的方向開始在海上飛行。每當發現島嶼我便接近，可惜仍然不是海蛇島。我經歷了兩次日出，朝著東方不停飛行。我疲憊困頓，一再認命地覺悟，自己或許已是死路一條。

終於，我察覺自己氣數將盡。就算再怎麼努力，也使不出力氣了。也許還沒回到島上之前，我就會死。我緊貼海浪飛過黑夜的海洋，一邊回想起黃泉之國的黑暗與陰冷。那是個無色亦無臭的世界。相較之下，現在雖然累，但這海水的氣息，甜美的大氣，遼闊無垠的夜空，一切皆是唯有活著才能體驗的美好與自由。死了便萬事皆休。我一定要設法活下去，至少要看一眼眞人與夜宵之後再死。只要看一眼就好，看一眼就好，我不斷如此喃喃默念。

突然間，海中巍然聳立巨岩。我慌忙依附岩上。雖不知是哪座島，總之應該有可以休息的大地了。我橫身倒臥岩石的小窪槽，當下呼呼大睡。

到了早上，我發現岸壁上四處綻放雪白的百合，不禁爲之一震。那是我曾見過的風景。這裡，不就是當初我與眞人駕船出航的北方岬角嗎。我飛到海上，再度眺望那臨海聳立的岬角。沒錯。只有從海上才看得見的北方岬角，在岩壁上，宛如要迎接天神降臨，四處妝點著聖潔的白色鐵砲百合。

我與眞人，當時很高興總算乘著這股把我們從小島送到遠處來的海流，兩人手拉著手慶幸終於逃出小島。並且，當我們轉頭回望這個岬角的崖壁時，發現妝點黑色岸壁的百合，還曾爲那驚世之美而屏息。

看來，我終於回到海蛇島了。可惜，我的生命已油盡燈枯。大黃蜂的壽命，據說頂

⑬譯註：Myoporum bontioides，亦稱苦藍盤，常綠灌木，為海岸定沙防風植物，冬天開淡紫色花。

多只有一個月。在生命之燈熄滅前，我必須找到眞人和女兒。時間來得及嗎？

不過話說回來，好懷念小島啊。我一邊飛過林投樹和蘇鐵、檳榔樹叢生的大地上方，心中同時也在流淚。雖然現在必須化身爲大黃蜂，但我做夢也沒想到竟然還能回來。巨岩的「神聖標記」已遙遙在望。從正上方俯瞰巨岩，就像在淚滴形的小島中央，插進一根木樁。

已成爲大巫女的加美空，是否別來無恙？還有，我的母親尼世羅依然健在嗎？我不知道自從我蒙伊邪那美神寵召之後，已過了多久時間，但我只想盡快見到他們。

我朝著自家的方向，拚命飛行。途中，沒見到半個人影。宛如死島，既沒有飄起的裊裊炊煙，也不見忙碌工作的女人。不過，南邊港口聚集著小島特有的小舟，看來現在正是男人捕魚歸來的時期。

如果父親和兄長們還活著，這時也該回到島上了吧。我忘記自己已變成黃蜂，簡直像重回孩提時代般興奮雀躍，東張西望地忙著尋找家人。乾燥鹹腥的空氣，在陽光下刺眼閃亮的白沙，以及，被太陽曬得發燙的石灰岩，匍匐在海濱與村落之間的水莞花。雖然貧窮，卻充滿陽光與色彩的美麗小島。同時，這裡也洋溢著生命。我忘記小島的殘酷命運，只是忘我地飛來飛去。

不過話說回來，那些曬得黝黑、爲了糊口成天默默工作的人們，究竟都上哪去了呢？

突然間，我撞見送葬的隊伍。之所以知道是送葬，是因爲身穿白衣的人們，和美空羅大人出殯時一樣，排成兩列緩緩前進。不過，和美空羅大人那次不同的是，這次的隊伍全是女人。而且，木棺只有一副。既不像美空羅大人的棺材那麼氣派，也不像波之上大人的那般簡陋。而扛著棺材四角的人，都是我沒見過的強壯青年。

這到底是誰的喪禮？從未見過的送葬方式令我訝異，我勉強鞭策疲憊的身體，來回飛行。也難怪我不知道，畢竟，我也只見過一次送葬隊伍，就是大巫女美空羅大人和殉葬的波之上大人出殯的那次，所以我自然無從得知。

隊伍前頭有巫女。她一身白衣，額上纏綁著山蘇的葉片，兩枝林投樹的黃花分插二端如同雙角。她的胸前，掛著串串珍珠項鍊，一邊敲響貝殼，一邊載歌載舞。這個體型比別人壯碩的中年女子，和美空羅大人極爲神似。可是，美空羅大人應該不可能還活著。是我回到了過去的時空嗎？我的心神陷入混亂。

今日斯日
小巫女大人隱身
三粒沙與三根指

一波潮與一顆頭
推出去
垂下來
今日斯日
小巫女大人魂散
自天祈禱
自海奉獻
今日斯日
虔誠膜拜

不，我以爲是美空羅大人的人，就是加美空本人。她大概有三十五歲了吧。加美空和我小時候看到的美空羅大人長得一模一樣。不，比美空羅大人更美，看起來更有氣勢。加美空那種充滿女人味的嬌美，該如何說明才能讓您理解呢？

明明住在陽光毒辣的南島，她的臉蛋與雙手卻奇蹟似地雪白，濃密的黑髮長及臀下，大眼睛凜然圓睜。那種光輝與威嚴，連外人也可感受到她的生命之充實與幸福。而且，她的嗓音如鈴聲美妙清亮，唱起歌來也動聽得令人心醉神迷。她的指尖修長，隨著歌聲頻頻抖動雙腿。加美空任由一身白衣的衣襬翻飛，不停旋轉。不像在祈禱，倒像在舞蹈。美空羅大人是威嚴十足，加美空卻令人感到美麗與活力。明明是送葬隊伍，大家卻像被領頭的加美空的聲音與動作吸引，興奮蠢動不已。

我感覺時間似乎過了很久，慌忙繞著送葬隊伍周遭搜尋。除了加美空之外，還有沒有我認識的人呢？還有，在這純女性的送葬隊伍中，會不會有夜宵的身影？有十幾個年輕女子排在隊伍後方，但我沒看到貌似夜宵的女孩。

如果，我還活著，年紀大概也跟加美空差不多了吧。我很高興能和最喜歡的姐姐重逢，忍不住繞著加美空嗡嗡拍翅。本來高聲歌唱的加美空忽然看到我了。

「加美空，是我啊。我是波間。」

我在加美空眼前繞著圓圈飛。加美空右手敲著貝殼，左手嘩啦啦地把弄著掛在脖子上的串串珍珠項鍊，並且，滿臉不可思議地盯著我。不愧是大巫女。我與加美空，應該能在冥冥之中心意相通吧。拜託，請認出我。我是波間，我是波間。

我忘記自己來自不潔的黃泉之國，拚命拍動翅膀。霎時，我被加美空拿的貝殼高高彈飛到空中。在那一瞬間，我甚至不清楚究竟發生了什麼事。

過了很久之後，我才醒悟，看樣子，我似乎跌落在送葬隊伍外圍昏過去了。沒有被人類踩死，已經算是運氣很好了吧。甚且，也沒有被小鳥、蜘蛛吃掉或被螞蟻搬回窩。

我就這麼陷入假死狀態躺在地上。

當我清醒時，太陽早已西沉，四下也漸漸昏暗。我正欲飛起卻當下愕然。我的左翅嚴重折傷，肚子也破了。因爲飛得太靠近，我被加美空狠狠擊中。被最喜歡的姐姐攻擊，令我悲不可抑。

送葬隊伍似乎早就走遠了。這時候，在網井戶舉行的葬禮大概也已結束了。現在，是誰擔任幽冥之國的巫女呢？還有，今天到底是誰死了？

我記得加美空好像曾唱到「小巫女大人的隱身」。爲了確認小巫女大人是誰，我打算朝曾經以爲再也不會踏入的網井戶飛去。可是，我飛不起來。被擊落在地是一大致命傷，我的壽命正急速縮減。

再一天，不，再給我半天時間就好了。我向黃泉之國的伊邪那美神懇求。可是，伊邪那美神想必會用那失焦無神的雙眼，假裝什麼也沒注意到吧。不惜化身昆蟲，也堅持要看生者世界的我，肯定令她目瞪口呆，非常失望。是我自己選擇化身爲飛得快又強悍的黃蜂，而非壽命長久的螞蟻，所以縱使沒見到眞人與夜宵就死去，我也沒得埋怨。爲了迎接即將降臨的死亡，我躲進蘇鐵毛茸茸的雌蕊中。

可是，隔天一大早，我被一群蝴蝶吵醒。這時盛夏的太陽尚未升起。看來我還活著，但我的生命應該只剩下幾小時了吧。我暗嘆僥倖，朝網井戶飛去。網井戶，爲了讓死者能與繞行的太陽一同前往海底之國，位於島的最西端。

升起的朝陽，徐徐染紅網井戶那片宛如被修剪成圓形的草地。白色洞窟兀然洞開的風景，令我不寒而慄。將近二十年前，我曾經每早在此打開美空羅大人與波之上大人的棺蓋，協助兩人踏上永恆之旅。當時的戰慄重回心頭，雖然現在化身爲大黃蜂，我仍止不住渾身顫抖。

網井戶，是死者的臨時居所。在這裡，留有靈魂脫離後的屍身。當然，也包括美空羅大人與波之上大人的白骨，以及我的祖先們的遺骸。洞窟深處，散布著腐朽的木棺，有些白骨甚至露在棺外，也看得見散落的碎骨。越靠近入口，停放的棺木越新。那幾具小棺木，大概是眞人那些一出生便夭折的弟弟所有吧。

我曾住過的簡陋小屋，依然健在，不過屋頂倒是鋪上了林投葉，變得像樣多了。有林投葉鋪頂，無論遇上夏季傍晚必有的傾盆大雨也好，暴風雨也罷，想必都能撐得住吧。我躲在形似喇叭的雪白鐵砲百合花後面，眺望染上朝陽的小屋。

這時門開了。從中出現一個少女，是侍奉幽冥之國的巫女。這個女孩的身分雖是不可或缺，但遭遇卻令人同情，只見她雙眼哭得紅腫，嘆出一口長氣。我彷彿看見昔日的我。可是，當時我連小屋也不敢進，只是站在父兄監視的結界邊畏縮不前，所以這個女孩比起昔日的我，顯然應該是認命多了。想必從她很小的時候，就不斷有人提醒她是下一任的幽冥巫女吧。她的體型雖然纖瘦，但手腳修長，動作靈敏，身體似乎很健康。

女孩躊躇了一會兒，終於走向洞窟，然後將放在最靠近入口那具嶄新棺木的蓋子略微掀起，朝裡窺視。可怕的工作開始了。

「媽媽，早安。」

滑過臉頰的淚水在朝陽下燦然發亮。看來死去的，是幽冥巫女的母親。到底是誰呢？我盡量不發出拍翅聲悄悄靠近，從女孩的肩頭窺看棺木。裡面躺著一個頭髮全白的老婦，表情安詳地緊閉雙眼。

「媽媽，妳曾做過的事，從今天起將由我接手。想到我的第一件工作，竟然是替媽媽送行，我好難過。」

女孩倚棺哭泣，淚流不止。女孩用手背拭淚。她的長相莫名地眼熟，長得非常可愛。但是，我並不認識她。同時，我也不懂，躺在棺中的女人爲何會是幽冥巫女。我以爲應該是像美空羅大人與波之上大人那樣，陽與陰的姐妹二人一組，分別擔任大巫女與幽冥巫女。

「可是，也因此讓我沒那麼害怕了。就算媽媽的身體腐爛，我也不怕，反而覺得心疼。媽媽生前那麼寵愛我，所以我要報答媽媽。在媽媽的靈魂尚未在二十九天後前往海底之前，我一定會好好守護您。」

我鮮明地想起那個晴朗的晚上。我是指美空羅大人與波之上大人以牛前的模樣來道謝的那晚。可是，那時的我，早已背叛了美空羅大人她們。我的肚子裡已經有了夜宵。

女孩用清亮的嗓音堅強地說：

「媽媽，而且這裡，也睡著對我很好的尼世羅夫人和許多兄長，所以我一點也不怕。媽媽奉命當這裡的巫女，所以我早有心理準備，自己遲早會有這天。我們的工作雖然可悲，但總得有人來做，所以這是無可奈何的，對吧？」

尼世羅。看來我的母親也早已去世，長眠於此。在那洞窟中，她大概正躺在某處吧。我再也見不到她了，想到這裡我深感失望，但是繼而又想到母親或許也去了黃泉之國，於是也就不太惆悵了。

女孩蓋上棺蓋，雙手合十虔誠祈禱。然後站起來，朝網井戶的入口走去。也就是我成爲幽冥巫女的那晚，被裝上柵門關起來的地方。現在果然也有柵門，但不像我那時是用有刺的林投樹枝搭建而成，現在的只是用山蘇葉片編成柵門的樣子，徒具形式而已。

柵門前，一個高大的男人略略垂首而立。他穿著代表服喪的白衣，所以曬成古銅色的強壯身體更加顯眼。這個男人是誰？我見過。他該不會是眞人吧？我的心跳加快，當男人開口時，我不禁懷疑自己的耳朵。

「夜宵，妳還行嗎？」

我大吃一驚，望著被稱爲「夜宵」的女孩面孔。這是我的女兒。頓時，那副容貌令我恍然大悟。看似落寞的五官跟我的母親尼世羅一模一樣，細瘦的體型，是遺傳自我。還有，那對大眼睛很像加美空。不，她的眼睛像眞人一樣意志堅定。仔細一看，其實是非常美麗的女孩。可是，夜宵爲何會成爲幽冥巫女？我是「陰」，所以我的女兒應該是「陽」才對。

夜宵開心地跑過去。

「眞人大哥，你果然遵守約定，來看我了。」

果然，男人就是眞人。我望著被稱爲眞人的男人面孔。的確，他是眞人。強悍的眼神，高挺的鼻梁。曾是稚嫩青年的眞人，已變成剽悍的海上男兒。但，他的溫柔與寬大似乎依然如昔，我當下一陣狂喜。

我終於與丈夫和女兒重逢了。可是，夜宵爲何喊老婦「媽媽」，喊眞人「大哥」，我實在不明白。我一邊嗡嗡低吟，一邊繞著附近打轉。眞人不耐煩地用手拂開，瞪視化身爲黃蜂的我。

「島上應該沒有這種蜂。牠又大又凶。夜宵，妳要小心。」

夜宵的目光追逐著我。

「可是，我很寂寞，只要肯來這裡陪我，就算是黃蜂也好。」

我當下傷心欲絕，恨不能現在立刻恢復人身，告訴夜宵：我是妳的母親，當初為了救妳才逃離，為何妳現在會在此地？可是，眞人似乎不當一回事，逕自把檳榔葉編成的容器遞給夜宵。

「這是今天的食物。」

接下容器的夜宵對眞人說：

「大哥。媽媽看起來不像已經過世耶，簡直像在睡覺。大哥要不要也去看看她？」

眞人沉默，兩手遮住朝陽。他的手骨節分明很好看。

那是曾在替加美空送食物的風雨夜，牢牢握緊我的堅定雙手。是摸索我的身體，找出快樂核心的男人之手。是在我失眠的夜裡，哄我閉眼的大手。同時，也是掐住我脖子的手。這雙手，曾經沾染過海蛇的濃稠湯汁。我望著眞人浸潤在朝陽中的手，某種疑念幾乎令我發狂。

難道說，眞人竟把夜宵謊稱為自己的妹妹？若眞是如此，躺在那具棺木中的，一定是眞人的母親。無法承擔次位巫女這個職責，遭到詛咒的海龜一族。啊，我不由得失聲喊出。

眞人該不會是帶著襁褓中的夜宵回到島上，欺瞞島民，說自己的母親終於生出女兒了吧？因為，只要這麼做，他的父母和弟弟們就不會死了。眞人的母親，是第二順位的巫女，所以在我逃離後，大概遞補了幽冥巫女的位子。次位巫女的家族，必須負責塡補空缺。也就是說，大巫女加美空死時，我的女兒夜宵，注定要為加美空殉死。

「算了吧。水手不能在白天見死者，如果違反規定，聽說會有報應。」

眞人憂心忡忡地蹙起眉頭四下張望。我很氣憤。我與眞人不是早就犯規了嗎？而且是一而再再而三。我們把本該從崖上倒掉的加美空剩飯拿來一起偷吃，本該終生童貞的我，與眞人相愛導致懷孕。甚至，兩人還一起逃離小島。那麼，那個報應是由誰來承受了？正是夜宵，察覺到這點，我幾乎心碎。

怎麼辦？怎麼辦？我嗡嗡拍翅飛來飛去。可是，純潔無垢的夜宵卻毫不知情，還想忠於自己的職責。

「大哥，船幾時出海？」

夜宵不安地問。

「今天晚上。之後我已囑託我兒子照顧妳。」

「謝謝。」

夜宵開心地道謝。

「我差點忘了，這個妳拿去用。」

眞人從懷裡取出湯匙交給夜宵，是夜光貝做成的湯匙。這個，不是波之上大人在網井戶小屋用過的東西嗎？也是逃走那晚，我從小屋唯一帶走的東西。

「這是什麼？」

夜宵望著湯匙問。眞人略微躊躇後說：

「是一位波之上大人用過的東西。因爲某些原因，暫時交給我保管。」

「我知道。那個人，就是媽媽前一任的巫女對吧？」

沒有任何人提到我。這是爲什麼？還有，我的丈夫眞人爲何不把眞相告訴女兒？爲何不告訴她：波之上大人的繼任幽冥巫女是波間，也就是妳的母親。結果，眞人居然像外人般坦然對夜宵說：

「是的。這個，就留給妳吧。妳在小屋可以使用。」

「眞好。」

眞人握著夜宵的手說：

「那我走了，妳多保重。起初或許會寂寞，但妳要專心工作。反正等妳安頓下來之後，大家都會來看妳的。妳要替我好好送媽遠行。爲了生下妳，她吃了很多年的苦。」

「好。大哥也要保重喔。加美空大人還好嗎？」

「她很好。」

「接下來暫時不能見到她，你替我向她問好。」

「我會的。」

眞人露出白牙一笑。我悄悄停在眞人背上，小心不讓他發覺。

任由我就這麼貼在背上，已成爲壯碩中年男人的眞人，快步走在島上小路。擦肩而過的人，全都目眩神迷地仰望高大的眞人，一邊滿懷敬愛地深深行禮。和以前因爲生不出女孩而被誹議是受詛咒的家族、甚至受到全村排擠的待遇相較，簡直有雲泥之別。無法出海捕魚，只能混在女人堆中在海灘撿海藻與貝類的屈辱，也總算洗雪了。而這些，都是因爲他把我的女兒僞稱爲妹妹向島長報告。我的心，籠罩在烏黑的疑雲中。

眞人走進淸網戶旁的小房子，那是我以前替加美空送餐的美空羅大人住處所在。現在，美空羅大人的房子已經不見了，原地蓋起林投葉鋪頂、看似涼爽的高架式房屋。院子的水井前，兩名少年正在替拖曳網綁上珊瑚當作鎭石。兩人轉身，朝眞人揮手。一人已快成年，是個看來應會成爲好漁夫的健壯少年。另一個，大概才八歲左右吧。是個與兄長酷似的聰穎少年。

「爸，你回來了。」

眞人點點頭，然後立刻問：

「你媽呢？」

「在祈禱所。媽在祈求航海平安。」

回答的，是較大的少年。小的那個，也許是太喜歡父親，所以有點害臊，刻意裝出一副專心修補拖曳網的模樣。眞人拍拍小兒子的肩膀，看到兒子露出燦爛笑容後，才朝祈禱所走去。眞人與加美空結婚，大概生了很多小孩吧。這次，從屋內，一名十六歲左右的女孩，和年約五歲、模樣可愛的女童跌跌撞撞地衝出來。

「爸，你回來了。」

女兒也生了，看來大巫女的家族不愁無人傳承。加美空果然稱職地盡到責任。加美空的光輝與威嚴，除了在巫女工作上的成功，原來也來自做母親的充實感。還有，眞人的愛。

我想起以前，加美空對我偷偷吐露的祕密：

「如果命中注定非生小孩不可，那我情願替眞人那樣的人生小孩。可是，美空羅大人說眞人家受到詛咒所以不行，眞可惜。」

由於眞人在即將抵達大和之際折返小島，加美空的心願得以實現。我曾想祈求姐姐加美空以及曾是我丈夫的眞人得到幸福，現在卻不知如何是好。眞人改變了自己的親生女兒夜宵的命運，這點我說什麼也無法原諒。

眞人不知我貼在他背上，逕自朝著淸網戶密林中心的祈禱所走去。祈禱所，是在榕樹下擺設石頭祭壇的場所。身穿白衣的加美空，面朝東方，正在虔誠膜拜。眞人耐心地站在祈禱所外，等待加美空祈禱完畢。加美空正在祈求航海平安。那是美空羅大人以前一天到晚吟誦的詞句，所以我也記得一些。

遙拜天
遙拜海
再拜島
祈求高掛天際的太陽
背對沉入海中的太陽
男人的七首歌響起
男人的三頭掀起浪濤
遙拜天
遙拜海
請庇佑島

祈禱完畢的加美空察覺動靜，轉過身來。「加美空！」眞人喊著加美空的名字。加美空站起來，連祈禱的衣服也沒換，當下撲進眞人懷中緊緊擁抱。

「我們都沒什麼時間在一起呢。」

「沒辦法，男人必須出海捕魚。」

「眞人，你一定要平安歸來。」

「放心，妳不是幫我祈福了嗎。」

兩人交談後，好一陣子就這麼默默擁抱，可以感受到他們是相愛的。我再也看不下去了，無聲飛起後，停在榕樹的氣根上。加美空仰起臉。

「如果上天能聽到我的祈求，那我願意祈禱到死。」

「加美空如果死了，這座島也完了。」

眞人把臉埋在加美空的頸窩說。

「你的母親，彷彿知道你歸來才過世。不愧是巫女。現在又有了夜宵這麼像樣的繼承人，所以她應該走得很安心吧。不過，這樣下去，夜宵不能繁衍後代，到時次位巫女的位子又會空出來了。」

加美空撫慰地仰望眞人。

「沒辦法。加美空，妳只能盡量長命百歲，等待孫女誕生。這就是島規。」

真人接受了島上的命運。因此，他殺了礙事的我。這點，帶給我最大的衝擊。過去我們一直在聯手抵抗殘酷的命運。眞人把加美空吃剩的東西偷偷拿給他母親，他母親生女失敗後，他便與我一起偷吃，還跟身爲幽冥巫女的我交媾使我懷孕，和我一起逃離小島。眞人本是與我一起對抗島規的人，現在竟然也是他，把我的女兒獻給「島規」當祭品。

「眞人，就算只有片刻工夫你不在身邊，也會令我好寂寞。」加美空的臉頰貼上眞人。「從小，我就一直喜歡你，我的夫婿人選只有你一個。」

「我也是。」眞人說著，抱緊加美空。「妳一直是我的夢中情人。可是，大家都說我家受到詛咒，排擠我們，所以我只好死了這條心，把妳當成永遠得不到的珍珠。」

兩人的對話中，完全聽不到我的名字。早已死掉的加美空之妹，消失在某處的幽冥之國巫女。人們毫無印象、微不足道的女孩。那就是我。變成大黃蜂的我，氣得渾身發抖。

「你媽能生下夜宵，眞是太好了。那時，好一陣子沒聽說你的消息，我還很擔心你呢。」

「那時我媽的身體很糟。」

「據說波間也跳海死掉了，難道她就這麼討厭當幽冥巫女嗎？」

「她只是無法接受命運。」

眞人這麼說時，我擠出最後一絲力氣飛起來，停在眞人的面孔前。加美空發現我，當下臉色一沉。

「這隻蜂昨天也在。我明明甩開了，結果居然還沒死。」

「網井戶也有。照理說，島上應該沒有這種危險毒蜂。」

眞人想捏死我的刹那，我用盡全力朝眞人的眉心刺下。然後，我高喊：

「叛徒！」

眞人彷彿聽見我這句話，露出驚愕的表情，旋即頹然倒地。加美空發出尖叫。而我，也在憤怒中氣絕身亡。

3

我躺在地下神殿的門前。自陽光普照的海蛇島，驟然回到了黑暗冰冷的黃泉之國。伊邪那美神說的沒錯。若問我是否失望，的確如此。不過，得知眞人的變心與背叛後，我的心已經冷透了。我覺得唯有這黃泉之國，才是現在的我最適合的棲身之處。

「歡迎妳回來，波間。」

門開了，伊邪那美神出現，我連忙起身行禮。

「我回來了，伊邪那美大人，能夠看到外面的世界，我總算安心了。您的心意，我不勝感激。」

「波間，妳就別嘴硬了。」伊邪那美神報以苦笑。「看過生命光輝的人，要再回到這裡，肯定很痛苦。」

「不，伊邪那美大人。我親身經歷之後才明白，伊邪那美大人爲何會說，自己死後的生者世界還是不知道比較好。是我太膚淺了。今後，我一定會誠心誠意地服侍您，還請您多多關照。」

伊邪那美神點點頭。然後，將神殿兩扇對開的門大敞而開。

「來，進來吧。有件事一定會令妳驚奇。」

究竟是什麼事呢？我側首不解，一邊尾隨伊邪那美神走進巨柱並列的地下神殿。從柱子後面，出現一個穿白衣的高大男人。我一看到男人便愕然駐足。我不願認淸眞相，無法再前進一步。

「妳怎麼了？波間。」伊邪那美神轉過身來。「在那裡的，是眞人吧？」

「眞人爲何會在黃泉之國？是被伊邪那美大人賜死嗎？」

我渾身顫抖，跪伏在伊邪那美神腳下。想到也許是伊邪那美神感受到我那股巴不得殺死眞人的恨意，我不禁對伊邪那美神心生畏懼。

「妳在說什麼傻話。是妳殺的呀，波間。」

伊邪那美神平靜地回答。我驚愕地抬頭。是因爲變成大黃蜂的我刺中眞人的眉心，所以他才會死嗎？留下加美空與孩子們。我到底做了什麼事啊！

「是因爲我螫傷他嗎？伊邪那美大人。」

「是的。大黃蜂的毒性很強。照理說，眞人應該只剩下飄浮的魂魄，但他顯然怨念很深，才會以生前的姿態出現。」

伊邪那美神如此說完，就回自己的起居室去了。

眞人不知所措，一臉哀傷，正仰望消融在黑暗中的高聳天頂。

「眞人。」

我的呼喚，令眞人垂眼看向我。他的眼中，沒有表露任何情感。

「我是波間。你不記得了？」

「波間？」眞人表情空茫地看著我。但，他旋即搖頭。「這個名字好像聽說過，但我不記得了。對不起。」

說完，眞人又轉身向後。他看起來不知如何是好，非常無助。

「我跟你結了婚，在舟上產下女兒。我們不是還替她取名爲夜宵嗎？之後我就被你殺死，來到這裡。」

眞人說他不記得我，這究竟是怎麼回事？我在令人暈眩的強大衝擊中，努力試圖說明。但是，眞人依舊緩緩搖頭。

「我不知道，那是幾時發生的事？妳說被我殺死，是眞的嗎？我沒印象。而且，夜宵是我妹妹。」

「不對，她是我跟你的女兒。我是加美空的妹妹，本來是幽冥之國的巫女。」

眞人似乎完全不記得了。

「加美空是我的妻子，白晝之國的巫女。幽冥之國的巫女，本來是波之上大人。」

「波之上大人的繼任者，是波間。也就是我。當時，你不是每隔幾天就會來網井戶看我嗎？」

眞人根本沒在聽我說話。

「這是什麼地方？爲什麼我會一個人待在這種地方？」

「這是黃泉之國。你已經死了。」

「死了？加美空明明有替我祈禱，結果我還是無法平安返家嗎？」

眞人似乎很失望，頹然跪倒在神殿冰冷的石地上。他大概以爲自己是出海捕魚而死的吧。我被困在無力感中，悄悄離開。眞人的記憶中，沒有我容身之處。如此說來，我對眞人的愛徒然一場，他與我的過去等同消失。我豈不是等於從來不曾存在過？枉我還以爲他會哭著求我原諒他殺害我之舉。這是多麼空虛啊！我的心情，在地下神殿的黑暗中，永無止境地深深沉落。

對於伊邪那美神每日決定千人死亡的行爲，我想必曾經打從心底厭惡過吧。我傲慢地自視清高。所以我用毒針殺死了即便死在他手上卻仍念念不忘的眞人。可是，變成一縷幽魂的眞人，依舊深愛加美空。被迫永遠與加美空分離的眞人魂魄，如果在過度空虛下永無瞑目之日，那麼我的魂魄會更加空虛，更加永無寧日。

同時，我還發現了另一種空虛。那就是即便殺死對方，這種憎恨與憤怒也不會消失。怨恨這種感情，一旦點起火苗，便難以熄滅。該怎麼辦才好呢？縱使眞人變成這副模樣，也無法熄滅我的怨恨之火，只能等待火苗自己燃盡嗎？

伊邪那美神說過，凡人與神不同。那麼，伊邪那美神應該不會有我這種痛苦心情吧？在不知如何是好的情況下，我忍不住瞥向伊邪那美神消失的居室。但，門扉緊閉。猶如伊邪那美神的心。

第四章 嗚呼噫歟，彼何好女

1

帆扯滿了風，船逐波破浪，勇猛前進。八岐那彥的左臂停著白色蒼鷹，站在船頭眺望前方。一旁，守著年輕的侍從宇爲子。在甲板上來回奔跑的水手們，露出總算乘風而行的安心表情，仰望八岐那彥。八岐那彥和蒼鷹，宛如船隻的守護神。

看來風勢正好。船的速度加快，在大海中快速前進。桅杆不斷傳來類似悲鳴的摩擦聲，甚至有點吵。蒼鷹正面迎向強烈的海風，像在空中飛翔般挺起胸膛。

「宇爲子，搭船眞有趣。」

八岐那彥一邊伸指輕撫蒼鷹的利喙，一邊對侍從說。就在剛才，還因爲暈船臉色慘白的宇爲子，現在似乎也總算好多了，露出爽朗的笑容，轉頭仰望主子。

「是，甚至令人想永遠這麼坐船航行。」

宇爲子的眼中，流露出對八岐那彥的尊敬與服從。八岐那彥正値三十歲的盛年。他的膚色白皙，相貌高傲，身長超過六尺。手腳修長，胸膛厚實，角髮烏黑茂密。反觀宇爲子，年方十九。與八岐那彥相較，他那尚未鍛練出結實肌肉的纖細體型，仍留有少年的稚氣，有點不太可靠。兩人看起來也像是年紀差了一大截的兄弟，帶著蒼鷹氣多丸，一邊隨性打獵，一邊繼續漫長不知終點的旅行。

平日騎馬行動的八岐那彥，搭乘運貝船，這是第二次。上一次，約爲一年前。當時八岐那彥起意搭船，是因爲遇上一群手戴貝環的人們。那裡，是靠近大和國南端的農村，村民幾乎人人都戴著貝殼製成的飾環。婦女與小孩在左手腕戴著小手環，男人則在右手上臂，套著厚重的白色貝環。

騎馬的八岐那彥與宇爲子一進村子，村民立刻圍過來。男人們畏懼八岐那彥的弓矢與長劍，看到他胸前佩帶的綠玉紛紛後退。玉是貴人的象徵，這點在大和人人皆知。女人爲這兩個俊美男子驚嘆後，又對八岐那彥的白絹衣裳發出一陣讚嘆。憋不住好奇心的孩子們圍著氣多丸，從旁偷偷摸摸地伸手去摸八岐那彥的長劍，惹來宇爲子的叱責。

「套在手上的手環是什麼？」

八岐那彥這麼一問，一名初老男子撥開村民上前。男人恭敬地回答八岐那彥：

「我們佩戴的，是護寶螺貝製成的貝環。婦女與孩童佩戴的，是用較小的芋貝製成的。對我們這些務農維生的人而言，雨水最重要。因此，能夠喚來雨水的人，可以得到村中最氣派的貝環。在這個村子，那就是我。」

男人驕傲地說。此人大概是負責求雨的咒術師吧。咒術師取下自己佩戴的貝環，讓八岐那彥接下。貝環很重，表面雕刻著精美的圖紋。

「好精緻的手工。這個貝環是從哪弄到的？」

八岐那彥感嘆地問。

「在大海的遙遠彼方，有一群稱爲多島海的島嶼。貝殼，就是在那裡撈獲。然後經過加工，和我們這裡交換穀物與土器等物品。爲了進行交易，船隻會往返兩地之間。」

八岐那彥吃了一驚，不由得瞥向宇爲子。宇爲子似乎也是初次聽說，緩緩搖頭。主僕二人這段日子已走遍大和國內各個角落，但是既未聽說過多島海這個地方，也沒有去過。

「你說的多島海，位於何處？」

「是。在遙遠的南方。不過，其間小島星羅棋布，所以只要沿路停靠各個小島，這趟航行並不困難。南方的島嶼，與大和國的風貌截然不同，聽說是很美的地方，不過，好像也有與大和國不同的毒物。」

「那是指什麼毒物？」

咒術師冷然一笑。

「不知道。在美麗的地方，想必無論是人類或動植物，都有吾等小民無從想像的陷阱毒物與死亡吧。我想也許是那個意思。」

八岐那彥當下起意去那個什麼多島海一探究竟。他想要咒術師佩戴的那種貝環，況且如果去陌生地方，想必也會有許多前所未見的美貌女子，想到這裡，他已急不可抑。還有不知名的毒物，這個字眼，也令他內心頗為亢奮。

那是一年前的事。當時八岐那彥在好奇心的驅使下，立刻搭上運貝船，展開為期兩週的海上旅程，最後抵達位於多島海入口的天呂美大島。他在那裡，邂逅了島長的女兒眞砂姬這位美麗的姑娘，當下娶她為妻。

這次的航海，就是為了再度探訪眞砂姬。八岐那彥的右臂，雖然藏在衣袖中，其實已佩戴著眞砂姬餽贈的護寶螺貝環。說到這枚貝環之閃亮、手工之精妙，咒術師的貝環根本沒法比。

八岐那彥用左手隔著衣袖撫摸貝環。他迫不及待想見眞砂姬。對於已納為妻子的女人，這種渴切並不常有。不，在遙遠的往昔，這種渴望見到妻子、在極度的相思煎熬下甚至痛不欲生的情形，應該也發生過。但是，隨著他如岩石越活越久，他早已忘懷。

「八岐那彥大人，您看那個。」

宇爲子指向前方。在點點白色碎浪之間，漂浮著一葉草舟。草舟被大浪覆蓋，浮起又沉落，沉落又浮起。八岐那彥不知爲何忽感一陣心痛。

「那是什麼？」

「不知道，那會是什麼呢。小的從未見過。」

宇爲子的表情也蒙上陰影。

「我想問問看。你去叫個人來。」

宇爲子當下在搖晃的船上奔跑，去喊舵手。舵手在貴人面前伏身跪倒，八岐那彥指著草舟問他：

「那邊漂浮的小舟是怎麼回事？」

舵手看清草舟後，頓時表情一僵。

「那上面，載著嬰兒的遺骸。這一帶的島嶼，習慣將夭折的嬰兒像那樣放在草舟上隨波逐流。並且，祈求嬰兒能夠前往大海彼岸的幸福國度，得到新生命之後再回來。」

八岐那彥望著似乎隨時都會沉沒的草舟。他心中有個疙瘩。總覺得在很久以前，自己似乎也曾放逐過那樣的小舟。可是，那是幾時的事，是跟誰一起做的，他卻想不起來。也許發生過，也許沒發生過。一切都充滿不確定，只是模糊縹緲的記憶。八岐那彥成爲凡間男人已有數百年，不，已近千年了。漫長的歲月流逝，久得甚至已想不起自己本爲男神。

「經歷分娩之痛後，沒想到還有離別之苦在等著。」

舵手聽見八岐那彥的喃喃自語，一臉感動地額頭貼著甲板行禮。八岐那彥的感情起伏之激烈，往往逸脫常軌。八岐那彥將心中感想說出來後，總是立刻惹得身邊人落淚，或是逗得全場朗聲大笑。因此，八岐那彥的周遭總是聚滿了人。並且，大家總是緊盯著八岐那彥的一舉手一投足，豎耳聆聽八岐那彥說的話。

突然間，蒼鷹尖聲啼鳴，在鹿皮做的餵餌架上跺足。

「氣多丸，你不用去。」

氣多丸察覺主人的注意力放在草舟上，亟思出擊。八岐那彥伸手想安撫牠時，氣多丸的利爪掠過八岐那彥的手背。頓時皮開肉綻，噴出鮮血。慌張的宇爲子，替主人的手裹上白布止血。八岐那彥輕輕啐舌說，眞稀奇。蒼鷹是很受教的鳥，絕對服從主人的命令，可今天不知怎地情緒特別激動。

宇爲子像是自己犯錯般一臉歉疚，憂心忡忡地望著主人裹手的白布滲出血跡。

「您受傷了。」

「不要緊，馬上就會好。」

八岐那彥心想宇爲子大概會擔心，於是刻意隱瞞手上的傷勢。

「啊，沉下去了。」

舵手指著浪濤之間。簡陋的草舟已被海浪吞噬，消失無蹤。八岐那彥微微搖頭。

「爲何放在那種小舟上呢？葬在地下不是更好。難道說，海底才有安寧嗎？」

「這片土地的人大概如此深信吧。所以，下輩子一定會健康地投胎轉世。所謂的祈願，不就是這麼一回事嗎？」

宇爲子似乎很相信，但八岐那彥抱持懷疑。

「不見得吧。保有現世的生命，那才是最重要的。一旦死了，不就全完了嗎？縱使那樣憑弔，也毫無意義。毋寧該說，把嬰兒孤零零地放在小舟上，未免太可憐了。」

八岐那彥自言自語道。未免太可憐了，說這話時，八岐那彥的胸口深處微微作痛。自己繁衍的子嗣中，也有一出生就死掉的可憐孩子嗎？八岐那彥閉目沉思，但他想不起來。無論是自己迎娶的妻子人數，或那些女人產下的孩子人數，都多得數不清。

八岐那彥對於在海上意外遭逢小生命之死深感不快。長生不死的自己會討厭死亡、與死亡抗爭，是理所當然。該恨的，是死亡。死亡，把我們所愛的人帶到永遠無法重逢之處，令死者的遺族墜入深得爬不起來的悲痛深淵。死亡就是不講道理的暴虐本身。

然而，八岐那彥同時也是獵人。他就是爲了獵殺動物才一直旅行，若說矛盾，的確很矛盾。八岐那彥與氣多丸一同狩獵的，從斑點鶇、雲雀這類小鳥到雉雞、兔子都有。只要發現獵物，便會一路追捕到底。

而且，八岐那彥的狩獵對象，不僅是動物。無論是處女，還是半老徐娘，只要風聞有美女，不管在哪，他都會前往誘惑，自美女的父兄或丈夫身邊搶過來。然後，就像要補償被他殺死的動物性命一般，讓那些女人紛紛懷孕。

這些年來，他究竟繁衍了多少生命呢？為了對抗可憎的死亡，只能不斷繁衍新生命。這就是八岐那彥的使命。養育孩子是女人的職責，八岐那彥只負責授與生命，之後就不管了。因此，通常他一旦啓程離開，便再也不會回到該地。不過，多島海是唯一的例外。

「眞砂姬夫人不知是否別來無恙？」

宇爲子憂心地直視大海前方說。他與眞砂姬年齡相近，因此大概把她當成姐姐仰慕吧。

「是啊，不知她過得如何。以眞砂的個性，說不定就算挺著大肚子，也照樣在海中游泳。」

八岐那彥愉悅地仰望萬里無雲的蔚藍晴空。之所以這樣再次挑戰不習慣的海上旅行，全都是因爲他愛上了眞砂姬。

眞砂姬，比任何人都美麗。她年方二十，大大的黑眼珠妖媚迷人，眉毛濃密。並且，有著勾魂攝魄的胴體。她的身高約及八岐那彥下顎，有著豐乳翹臀。淺褐色的光滑肌膚，纏繞在八岐那彥結實的肌肉上，簡直像是專為他而生的肉體。而且，眞砂姫成天在外奔跑、游泳、潛水，非常活潑好動。八岐那彥以往只見識過纖弱瘦小的大和美女，因此眞砂姫對他來說，一切都充滿難以抗拒的魅力。

可惜，八岐那彥不能在一個地方久留。如果待久了，八岐那彥歷經多年歲月仍不會老的眞相就會暴露。當八岐那彥開始想念大和的獵物，準備啓程返回大和時，眞砂姫曾哭著挽留他。她說自己已有孕在身，請陪伴她直至孩子出生，否則她會害怕。

汪洋大海
底層之貝
亦可成環
在君之手
依依相伴

（就連在海底撿來的白貝，
都能裝飾在郎君手上，陪伴郎君同行，

獨自被留下的我該如何是好。）

眞砂姬獻上她親手製作的護寶螺貝手環如此吟誦。八岐那彥也唱歌回贈道：眞砂姬比玉更耀眼，比玉更美麗，是我愛過的女子中最心愛的，這份愛，將如美玉照亮自己的心。唱完，還取下自己從不離身的綠玉掛在眞砂姬脖子上，信誓旦旦地說，等到孩子出生時，他一定會回來團聚。

「您的孩子應該已經出生了吧？」

宇爲子說著，仰望八岐那彥。

「這個嘛，誰知道。我倒希望她能等我抵達再生。」

八岐那彥笑著說。唯獨這次，他渴望自己替新生兒接生。與心愛的眞砂姬能夠有新生命的誕生，想必爲八岐那彥帶來莫大的歡喜吧。

「夫人一定打算等八岐那彥大人抵達後再生。」

宇爲子雖然羞澀，還是十分肯定地對主人說。

2

就在翌日即將抵達天呂美的前一晚。正值順風，是個前所未有風平浪靜的夜晚，所以八岐那彥決定宴請全船水手。雖然酒宴簡樸，只有在船上釣的魚和乾飯⑭，但八岐那彥打開了自己帶上船的大酒樽。至於宇爲子，則忙著四處走動，替應邀赴會的二十名水手和舵手斟酒。

「來吧，大家盡情喝酒。」

船在好風吹送下，筆直朝目的地前進。天空晴朗，滿天星斗，在黑夜的海上灑下光芒。也許是因爲好天氣令人安心，水手們也笑逐顏開，愉快地舉起木杯暢飲美酒。

「說說看，關於小島，有沒有什麼趣談？」

八岐那彥主動挑起話題，水手們面面相覷。

⑭譯註：蒸熟後乾燥保存的米飯，泡水後食用，乃自古以來的旅行用乾糧。

「說吧說吧，說什麼都可以喔。只要是我沒聽過的話題，對我來說都很有趣。」

八岐那彥快活地說。於是，一個蓄著山羊鬍的中年水手率先開口了。

「八岐那彥大人，那麼，就由我來打頭陣吧。多島海有許多島嶼，我有時覺得，每個島就像每個不同的人。」

「原來如此。比方說是怎麼不同呢？」

「是，多島海櫛比鱗次地布滿許多島嶼。但是，往往這個島上有毒蛇，旁邊那個島上卻沒有。或者，這座島上的人個性溫和厚道，旁邊那座島卻人人粗暴剽悍。而且，坐船的話僅僅是一點距離，卻有如此巨大的差異。因此我覺得，島就像人一樣，各有不同性情。」

「那麼，每個島上的女人也各有千秋嗎？」

八岐那彥這個問題，逗得水手們轟然大笑。一名面貌滑稽、身材短小的男人立刻站起來。

「那當然嘍。在西方的居志氣島這座小島上的女人，是出了名的美麗又勤快。大家都說，能娶到居志氣女人的男人都會很幸福。可是，緊靠一旁的弧久利可島，卻是以醜女而遠近馳名。她們的膚色黝黑，身材矮小，聲音也很刺耳。而且，把男人踩在腳下，對男人頤指氣使。要是討了弧久利可的女人當老婆，那個男人永遠都會受人嘲笑。」

「你不也是嗎？」

某人冒出這麼一句，水手抓抓頭。

「沒錯，我老婆來自弧久利可。不過，她好歹也有她的可愛之處。」

「怎麼，原來你很愛她嘛。」

全場男人譁然大笑。

「天呂美怎麼樣？」

八岐那彥問，坐在下座的青年幽幽地說：

「那還用說，不管怎麼說，都是眞砂姬小姐屬第一。天底下沒有人能與眞砂姬小姐的美貌匹敵。其他女人統統都是小角色。」

眾人似乎都有同感，發出大大的嘆息。看來誰也不知道，眞砂姬是八岐那彥的妻子。

「的確，眞砂姬小姐應該是第一美女吧。我們幹水手的，去過各種島嶼，但是還沒見過像她那麼美的女人。」

許多人紛紛附和。宇爲子看起來就像在誇獎自己一樣高興，扛著酒樽到處替大家斟酒。

「請問，八岐那彥大人。」暗處傳來一個聲音。「您可曾聽說過海蛇島的故事？」

八岐那彥乾杯之後搖搖頭。

「這我倒沒有聽說過。那個島位於何處？」

發話的人上前走到篝火處。原來是個衣衫襤褸、白髮白鬚的男人。在水手之中，算是相當罕見的老頭子。本來聊年輕女人聊得正起勁的男人們，當下有點掃興地看著老人。

「那是位於多島海的東涯，非常迷你的小島。」

說到東涯，正是太陽升起之處。八岐那彥當下略感興趣，轉過身打算細聽老人之言。

「那裡爲何有海蛇島之名？」

「因爲被稱爲『長繩大人』的神聖海蛇，群聚於那座島。每逢春天，島上的女人會全體出動活捉海蛇，關進倉庫。之後，把蛇曬乾了食用。我曾聽說，海蛇蛋會拿來做成營養豐富、滋味鮮美的濃湯，但我沒有喝過。聽說只有必須繁衍生命、地位特別的人才喝得到。」

「那座島怎麼了？」

八岐那彥急著聽下文，連連催促。老人大概是感受到八岐那彥的焦急，咧開缺牙的嘴巴笑了。

「那座島上，有個異常美貌的女人。真砂姬小姐固然漂亮，但那個女人也非常美麗動人。說到膚色之白，堪稱多島海第一。她的身材修長高䠷，能歌善舞，臉蛋充滿活力又美麗，令人無法轉移目光。雖已不是黃花閨女，但是據說只要見過她一次，人人都會渾身發軟地迷戀她。」

吹著舒爽的夜風，全場男人安靜地傾聽。也有些男人心醉神迷地閉上眼，或許正在想像那究竟是怎樣的女人。

「她的年紀大概多大？」

有人問道。

「至少絕對沒有我的一半大。」

老人回答，有幾個人這才安心地點點頭。

「那個女人叫什麼名字？」八岐那彥問。

「大巫女加美空。」

聽到巫女二字，當下就有人垂落視線，自認無緣高攀。但八岐那彥可不管她是巫女還是公主，只要是女的就行。總之，他只是將加美空這個名字牢記在心。

「若是巫女，那就碰不得了。」

一個喝醉的青年說，老人笑了。

「不，加美空大人正是維繫生命的人。她必須繁衍大量子孫，所以毋寧應該說是歡迎交媾的。因此，人人都努力勾引她，心想運氣好的話，或許可以成爲她的入幕之賓。只是，關鍵在於必須讓加美空中意。加美空只選外表出色的男人。比方說，像八岐那彥大人這樣的。」

水手們一齊看向八岐那彥，青年大為失望地高叫：

「什麼嘛，照你這麼說，那我豈不是毫無勝算。更別說是年輕的眞砂姬小姐，當然也不可能看上我這種人。」

眾人爆笑，女人的話題就此打住，大家開始拚命灌酒。

「八岐那彥大人。」

宇爲子來到身邊囁囁私語。八岐那彥一抬頭，宇爲子就用憤懣不平的語氣說：

「剛才的話題，我實在不服氣。爲什麼非得拿那種小島的中年女人來跟眞砂姬夫人相比不可？那個糟老頭太無禮了。」

「算了，有什麼關係呢。世界很大。在各種地方，住著各有不同美麗風情的女人，她們的魅力是無法比較的。況且，有的女人生得雖美，但在床上像個木頭人，也有些女人縱使醜陋，照樣能取悅男人。這種事是無法較量孰優孰劣的。」

八岐那彥安撫年輕的宇爲子。

「可是，八岐那彥大人不是對眞砂姬夫人一往情深嗎？這些年來，您一次也沒有回頭探訪過您娶的妻子們。唯有眞砂姬夫人是特別的，不是嗎？」

被宇爲子一語道破，八岐那彥當下啞然。

「我喜愛眞砂，不只是因爲她生得美麗，而是因爲打從心底愛上她。我喜歡她的靈魂。我喜歡她那對我專心一意、不惜奉獻生命的美好靈魂。上哪再去找那樣的女人呢？那種甚至甘願爲我而死的女人。」

宇爲子年輕的臉龐，隱隱蒙上陰霾。八岐那彥敏銳察覺到宇爲子別有心事，當下問道：

「宇爲子，你是不是有話想對我說？」

「不，沒什麼。恕小的失陪，得去餵氣多丸了。」

宇爲子把臉一撇，就下去船艙了。八岐那彥忽然湧上一種難以言喻的不安，不由得仰望夜空。但，一切安然無事，星星美妙閃爍，船疾行在平靜的海上。

「八岐那彥大人，謝謝您今天招待的美酒。」

舵手來到身旁道謝。

「哪裡，是我勉強你們讓我上船，我才不好意思。」

「哪裡哪裡。」舵手猛搖手。「能搭載八岐那彥大人這樣的貴人，是我們的榮幸。剛才，八岐那彥大人問我們有無趣聞對吧。我也想起一樁。雖然不值一提，但就當作是湊個興吧。」

舵手把木杯往旁一放，便打開話匣子，周遭的人也圍攏過來豎起耳朵。

「大約是在半年前吧，我曾讓一隻大黃蜂搭船。」

「大黃蜂？」回來伺候的宇爲子驚訝地複述。

「是的。就是那種身上有黃黑相間的條紋、體型巨大的黃蜂。起先，在飲水處發現黃蜂的水手在吃驚之下本想殺了牠，卻讓牠靈活地逃到海上。之後，牠又飛回來好像想上船，於是大家都想撲殺牠。我聽到騷動過去一看，只見黃蜂飛來飛去就是不肯離船，簡直像是想搭船上哪去似的。我就試探著發話了，『若你能保證不螫人，我就讓你搭船。如果你同意，就畫個圓圈飛給我看。』結果，不可思議的是，牠居然真的繞著圓圈一再飛行。大家都驚訝地說，牠眞的聽得懂人話，於是就請牠上船，把牠當成航海的守護神。」

「後來，那隻黃蜂怎樣了？」

「是，牠在船上很安靜，不曾打擾過我們。牠一直待在船艙，好像靠著捕食船上的小蟲維生。頂多偶爾飛來水缸邊喝缸中溢出的清水。」

「有收牠船錢嗎？」某人插科打諢道，眾人都笑了。

「我們的船，不經過天呂美，預定直接航向奈針波島。一抵達奈針波，黃蜂就下了船，彷彿要道謝般，再度頻頻畫出圓圈向我們道別。」

「天底下還眞是什麼怪事都有。」

聽到八岐那彥這麼咕噥，舵手點頭同意。

「怪事還不只這一樁。後來我聽說，在剛才那個老人家提到的大巫女居住的海蛇島上，有人被大黃蜂螫死了，而且，正好就發生在我們讓大黃蜂下船之後。」

「那應該是巧合吧。」

八岐那彥一臉詫異地說，舵手搖頭。

「不，我看應該不是，八岐那彥大人。因為海蛇島本來是沒有黃蜂的。就像剛才聊天也提到的，有些島上有毒蛇，有些島沒有，每個島的個性涇渭分明。在海蛇島上，自古以來從未出現黃蜂。在這種情況下，只能推斷，是我們船上搭載的那隻黃蜂，一路飛去了海蛇島。」

「那麼，去那座島就是那隻黃蜂的目的嘍？」

舵手側過腦袋。

「這個嘛，我就不知道了。不過，我的船曾從大和載了一隻黃蜂是千眞萬確的事。」

「大黃蜂據說一天可以飛行將近三十里，所以一定是飛到海蛇島去了吧。」

說這句話的，是剛才談到海蛇島的老水手。

「果眞是無奇不有。」

八岐那彥想像著飛在海上的黃蜂，一邊說道。

「的確。」舵手也頻頻點頭。

最後，明月西斜，酒宴告終。心情大好多喝了幾杯的八岐那彥，任由宇爲子攙扶著手，踉蹌走向設在船艙的臥榻。氣多丸的籠子，早已被宇爲子罩上黑布。

「八岐那彥大人，您手上的傷不痛嗎？」

宇爲子擔心地問。八岐那彥凝視手上纏裹的白布。血早已止住。等到明天，這個傷應該就會消失了吧。不死之身的八岐那彥，即便流血也只是瞬間，不會留下傷痕。

「不要緊。」八岐那彥說著，把手藏到背後，不讓宇爲子看到手傷。「倒是宇爲子，聽說明天就會抵達天呂美了。能夠順風而行，眞是太好了。」

「您說的是。」

宇爲子的話很少。八岐那彥想起宇爲子打從酒宴途中便鬱鬱寡言，不禁有點好奇。

「宇爲子，你是不是有事瞞著我？」

八岐那彥質問宇爲子，但宇爲子頑強地搖頭。

「什麼事也沒有，是八岐那彥大人多心了。」

「沒事就好。」

八岐那彥凝視宇爲子的丹鳳眼。宇爲子是孤兒，十二歲那年被八岐那彥收留，成爲侍從。七年後的今天，宇爲子的個子竄高，已和八岐那彥相差無幾。肩膀也變得很寬，四肢有了肌肉，嗓音變粗漸漸像個成年男子了。但宇爲子在這七年來，可曾發覺八岐那彥的外貌毫無變化？

想到宇爲子遲早會起疑心，到時離別的日子也不遠了，八岐那彥的心頭便有尖銳的悲傷來去盤旋。那是他成爲凡人將近千年，從未感受過的悲傷。妻子兒女侍從與飼鷹，大家都會比他先死，而新人會一個接一個地陪伴自己活下去。並且，唯有自己留在人世，不斷繁衍新的子孫。這是何等空虛。八岐那彥忽然對自己有點毛骨悚然，他就著燭台的幽微光線凝視自己的手指。

「大人您怎麼了？」

「宇爲子，我老了嗎？」

八岐那彥問年輕的侍從。

「沒有，八岐那彥大人現在，甚至比起我頭一次看見您時還要年輕。您一點也沒變。眼光銳利，胸肌隆起，氣概不僅未見衰退，反而越發軒昂，可說是男人中的男人，是人中龍鳳。」

宇爲子不勝感懷地說完後，大概覺得自己誇得過火了，有點羞赧地垂下眼。含羞帶怯，也是宇爲子的魅力所在。

3

翌日，也是個萬里無雲的好天氣。蓊鬱栲樹覆蓋一片綠意的天呂美島已近在眼前。平安結束航海的船，等到漲潮，便駛入天呂美島的海口深處。從整片淺平的海灘直到外海的棧橋，都是用白色石灰岩堆疊而成。藍天，清澄可見水底白沙的碧海，綠意盎然的島，白色棧橋。眞砂姬是否會來到這美麗的港口迎接他呢？八岐那彥凝目細看。但是，不見眞砂姬的人影，只有一個光著腳踝、身穿白色短衣的男人，表情虛脫地佇立。

不意間，航行途中見到的草舟不知怎地又在腦海浮現，八岐那彥陷入一種不祥的預感。八岐那彥等不及船隻完全停妥，直接從船上跳到棧橋。船邊，舵手和水手們紛紛目送，但是看到白衣男子來迎接，眾人全都表情一僵，因爲白色短衣是代表喪家的服裝。

「八岐那彥大人，您可來了。」

在棧橋等待八岐那彥的，是眞砂姬的父親，天呂美的島長。見他皺緊眉頭，面孔因悲傷而憔悴，八岐那彥當下感到大事不妙。

「出了什麼事嗎？」

「請您別驚訝。七天前，眞砂過世了。」

八岐那彥難以置信地呆立原地。宇爲子發出嘶啞難辨的大叫，逼近島長。

「島長大人，這是眞的嗎？」

島長或許是無從答起，只是一臉悵然。八岐那彥斥責宇爲子的無禮，向島長問道：

「是死於難產嗎？」

島長緩緩搖頭。

「不，生產過程倒是很平安。嬰兒現在由我的妻子照顧。」

「那麼，她怎麼會過世？是罹患流行病嗎？」

「不知道。」說著，島長臉色一暗。「眞的很突然，也不像是生病。眞砂臨死前的最後一句話是：冷水潑到臉上。」

「冷水？」

這未免太古怪了。八岐那彥不明白到底發生了何事，思緒混亂。

「眞砂分娩，是三週前的事。她是順產，產後也復元得很好，眼看八岐那彥大人即將來訪，眞砂也正翹首期盼呢。可是，就在七天前，她給嬰兒餵奶時，忽然開始痛苦掙扎。才看她當場倒下，緊接著就嚷嚷有水潑到臉上、好冷，就這麼猝然斷了氣。眞的太突然了，簡直像是在做噩夢。每個人都還回不過神，處於手足無措的狀態。」

「那麼健康的女孩竟然毫無前兆地猝死，這太不眞實了。」

八岐那彥慨嘆。這時，宇爲子淚流滿面，在他耳畔囁嚅。

「八岐那彥大人，在我們的周遭，到底出了什麼問題？」

「宇爲子，你這話是什麼意思？」

宇爲子咬著唇，似乎難以啓齒。八岐那彥本想詳細追問宇爲子，但島長卻在這時發話了：

「來吧，八岐那彥大人，請您去見見眞砂生下的孩子。」

在島長帶路下，八岐那彥走上鋪滿碎貝殼的白色道路。位於山丘上的高架式房屋裡，同樣一身白衣的眞砂姬之母，抱著小寶寶正在等候。

「這是眞砂留下的孩子。」

做母親的一邊哭泣，一邊將嬰兒遞給八岐那彥。這是自己生的第幾萬名，不，第幾十萬名孩子。八岐那彥把孩子舉高湊近細看，但他並無特別感慨。他暗忖，幸好不是這個嬰兒害死眞砂姬。

「給孩子取的是什麼名字？」

「眞砂親自替孩子取名爲珊瑚。」

珊瑚姬。如今，珊瑚的白骨與眞砂的死亡重疊，這個名字多麼不祥啊！八岐那彥凝視睡在自己懷中的嬰兒。他心想，這種孩子我根本不需要，把活生生的眞砂姬還給我！當他情不自禁地落淚時，島長拉起八岐那彥的手說：

「八岐那彥大人，您能不能去看看眞砂？」

「可以見她嗎？」

「是的。雖然已成爲冰冷的屍骸，但是若能見到您，我女兒在另一個世界想必也會歡喜。」

八岐那彥的心中，有個聲音警告他別去。但是，分別了整整一年，想再見思念不已的眞砂姬一面的念頭也很強烈。

八岐那彥在島長的帶領下，前往位於島上北邊的墓地。在天呂美，據說是將墳墓設在面海的斷崖鑿穿的洞中。宇爲子一臉憂心，緊隨在數步之後。蒼鷹氣多丸的餵餌架，改由宇爲子佩戴，任牠站在他的左臂上。

「依我們島上的風俗，會將屍體曝曬在風雨中任肉身腐壞，幾年後再用海水洗骨。據說屆時，魂魄才能飛到空中，前往大海彼方的神之國度。」

島長一路走下水莞花叢生岩石壘壘的海岸，然後開始攀登黑色山崖。八岐那彥和宇爲子也隨後跟上。山崖的中段，有許多被海浪鑿出的巨大横穴。朝著島長招手的方向繼續攀爬，四周已瀰漫強烈的臭味，那大概是眞砂姬的屍臭吧。八岐那彥有點躊躇。但是，島長並未察覺八岐那彥的遲疑，他拚命招手，彷彿認定八岐那彥既然是她的丈夫，理當如此。

「眞砂就在這裡面。」

嶄新的棺木，停在洞穴最前方，任由風雨曝曬——正如島長所言，打從一開始就沒有棺蓋。島長站在棺旁，催促八岐那彥往棺內看。八岐那彥受不了屍臭，左手掩鼻，不甘不願地探頭窺視棺內。

躺在棺內的，的確是眞砂姬。秀麗的額頭上，放著避邪除魔的方形貝符，雙眼緊閉。只是，臉上的皮肉凹陷，相貌判若兩人。交疊的雙手已泛黑，開始腐爛。

「眞砂。」

八岐那彥好不容易才喊出妻子的名字。然而，躺在棺中的屍體，怎麼看也不像是那美貌令人不敢逼視的眞砂姬。想到自己曾抱過這具腐爛變形的屍身主人，他甚至爲之驚恐戰慄。八岐那彥想起久遠之前的某件往事，萌起一陣恐慌。

那是八岐那彥還是男神伊邪那岐時的妻子，死去的伊邪那美神。即便知道妻子已死，還是渴望見上一面，於是伊邪那岐一路追到了黃泉國。之後，雖被警告過「不能看」，伊邪那岐還是犯了戒。他終於耐不住性子，見到伊邪那美腐爛的屍骸。那個物體曾經是妻子，卻已不是妻子。

躺在這副棺木中的，也曾是年輕貌美的女子，現在卻只是一具開始腐爛的屍體。那具屍骸曾經是妻子，卻已不是妻子。厭惡死亡的自己，爲何總是被迫面對死亡的可怕面貌。

「八岐那彥大人，您不要緊吧？」

氣多丸的拍翅聲傳來。宇爲子堅強地從背後支撐住搖搖欲墜的八岐那彥。八岐那彥冒著冷汗，猶在俯視妻子開始腐爛的屍身。當著島長的面，又不能逃走。這時，八岐那彥發現他送的綠玉掉落在遺骸旁，繩子已經斷了。八岐那彥撿起來，對島長說：

「當初我替她掛在脖子上，現在繩子卻斷了。」

「眞的。抬來這裡時，繩子明明還沒斷。」

繩子就像是被誰硬生生扯斷，在八岐那彥看來這是凶兆。

「那麼，就把這塊玉當作眞砂的遺物，留給珊瑚姬吧。」

一旦死去便萬事皆休。所以，東西不該給死者，應該給生者。雖然自認像平時一樣冷靜客觀，但是想起當初餽贈綠玉時，眞砂姬那燦爛明媚的笑容，八岐那彥還是不免悲痛萬分。

「承蒙您這麼說，生下珊瑚的眞砂應該也會很高興。」

「相對的，把這個給眞砂吧。對我來說這比生命更寶貴。」

八岐那彥取下自己套在右臂上的貝環，放在眞砂姬遺體的胸前。當初這是眞砂姬蘊含著但願化爲貝環緊緊相隨的愛意，特地爲八岐那彥而做，如今將貝環歸還，或許是希望從眞砂姬的遺骸找回自由。

島長猶在依依不捨地凝視眞砂姬之際，八岐那彥已緩緩後退，然後飛也似地衝下山崖，遠離洞穴。

島長大概以爲，八岐那彥是悲傷過度才會舉止失常吧。然而，襲擊八岐那彥的是恐懼。死亡是不潔的。看到不潔之物的自己，必須立刻找個地方淨身，他迫切地想。以前，去黃泉國迎接伊邪那美時，同樣曾在恐懼驅使下逃過黑暗的甬道。彼時，從背後追來的，表面上看來是一群軍隊和形如惡鬼的女人，但是其實也許是自己的恐懼。

「八岐那彥大人，您眞有如此痛心嗎？」

隨後追上的島長，滿懷同情，對臉色慘白的八岐那彥說。八岐那彥不發一語地點點頭。他現在顧不得其他，只想盡快淨身除穢。

「有水井嗎？」

「在這邊。安葬死者的洞穴旁，不知爲何一定會有湧出清水的泉源。」

在島長帶路下，來到小泉水邊的八岐那彥，解開手上纏裹的白布，二話不說就先洗雙手。接著，再清洗雙眼，脫下白絹衣裳全身赤裸後，他命令宇爲子：

「替我澆水淨身。」

「可是這裡沒工具。」

「用手就行了。」

「我知道了。」

宇爲子把氣多丸繫在榕樹錯綜糾纏的枝條上，用雙手掬起泉水，一處也不遺漏地澆遍八岐那彥壯碩的身體。八岐那彥正在閉目回想。他在想當初於日向阿波岐原浸泡河水淨身的往事。回過神才發現自己哭了。

「您怎麼了？」

宇爲子擔心地四下惶恐張望，但八岐那彥跪在地上哭個不停。他想起了草舟。想起曾是伊邪那岐神的自己，當年與伊邪那美神交媾生下的第一個孩子，是無骨的蛭子。那個孩子，被他們夫妻倆放在草舟上隨波逐流。身爲天神的他們率先做出的事，被凡人加以模仿。可是，現在化身爲凡人的自己看了，卻揮不去不祥的預感，這樣算什麼呢？到底是哪裡錯了？是誰在哪做錯了？

太陽已將沉落西方大海。一旁，宇爲子仍然默默跪著，陪他一起流淚。島長則不見蹤影。

「島長到哪去了？」

「大概是了解八岐那彥大人的悲痛極深，所以刻意迴避吧。他先回去了。」

那就好，八岐那彥咕噥著，穿上衣服。這時，八岐那彥發覺宇爲子正滿臉驚奇地盯著他的右手。宇爲子是在驚奇，手背上本來被氣多丸抓傷的傷痕竟已消失。八岐那彥慌忙藏起右手，但宇爲子趴伏在地，渾身哆嗦地問道：

「八岐那彥大人，請問您究竟是什麼身分？」

「我不像這世上的人？」

宇爲子依舊伏身不動。

「小的不知道。只是，像您這麼出色的人物，我從來沒遇見過。想必您的地位一定是超越凡人智慧的吧。」

「我可怕嗎？看起來像妖怪嗎？」

八岐那彥這個問題，宇爲子半晌都答不出來，最後勉強擠出一句：「不，您不可怕，只是——」又再度噤口。

「只是什麼？」

八岐那彥又問，宇爲子只好回答：

「只是，想到您跟小的不是同樣的凡人，小的甚感遺憾。因爲，會覺得像八岐那彥大人如此優秀的人物，果然不是凡間找得到的。」

「那麼，宇爲子，我問你，剛才看到眞砂姬的遺骸，你有什麼感想？」

宇爲子依舊不敢抬眼，他答道：

「小的只覺得非常難過。難過的是，即便是生前美麗不可方物的眞砂姬，一旦死了，也跟動物的屍體一樣會腐爛。不過，我如果死了肯定也一樣，所以我想這是凡人不可避免的宿命。正因如此，光是能夠活著，就已很美好了。」

原來如此。逃不過死亡宿命的凡人，原來是這麼想的啊。八岐那彥深有所感。那麼身爲天神的伊邪那美死去又是怎麼回事呢？他忽然在事隔多年後，想起死去的伊邪那美。

好像開始退潮了。海水的氣味變濃。崖上的洞穴，大概也會吹進強烈的海風，把眞砂姬的腐臭吹得遠遠的吧。八岐那彥心情稍有好轉，向宇爲子問道：

「宇爲子，你是不是有什麼心事？你好幾次都對著我欲言又止。我不會生氣，你說說看沒關係。」

宇爲子仰起曬得黝黑的年輕臉龐，終於正面直視八岐那彥的雙眼。

「那麼，我就說了。八岐那彥大人有許多妻子。我一直隨侍在您身旁，看著您娶各地的美女爲妻。看到您簡直像執行使命般逐一搭訕，我漸漸明白這是八岐那彥大人的工作。可是，最近，我發現一件可怕的事。」

「什麼事？」

八岐那彥望著宇為子瑟縮的臉孔，是自己不會變老的事嗎？抑或，是自己即便受傷也會立刻復元的事？不管是哪樁，不老不死，在不斷變化的肉身凡人看來，肯定令人毛骨悚然。八岐那彥做好心理準備，但宇為子的回答卻出乎他的意料。

「替八岐那彥大人生子的夫人們，多半突然猝死。八岐那彥大人同一個地方向來不會去兩次，所以您可能沒發現，但我已多次耳聞。比方說，阿波的久呂姬夫人，毛受野的雁羽姬夫人，另外還有很多，我聽說，她們全都是生下八岐那彥大人的孩子後過世。這到底是什麼原因呢？」

由於壓根兒沒想到會是這個答案，八岐那彥一時之間也答不上來。

「我頭一次聽說。」最後他只能勉強擠出這句話。「久呂姬和雁羽姬都死了嗎？」

宇為子抬起看似聰穎的雙眼。

「是的，聽說是很不幸地突然猝死。因此，之前我就一直在擔心，眞砂姬夫人是否平安無事。」

「原來如此。我還以為你滿懷心事，是因為特別喜歡眞砂姬，因為眞砂是個出色的女人。」

「是的，夫人的確出色。」宇為子頷首。「我是很擔心，但我以為，應該不至於連眞砂姬夫人也遭到那種下場，因為眞砂姬夫人住的地方遠離大和。可是，現在連眞砂姬夫人都過世了，我認為一定有某種東西在八岐那彥大人身後緊追不捨。一想到那會是什麼，我就怕得要命。」

「宇為子，你認為那是什麼？」

夕陽即將消失，西邊的大海在一瞬間閃耀著緋紅光芒。明知在夜幕低垂前，最好盡快趕回村落，雙腳卻動彈不得。宇為子遲疑半晌，還是脫口而出：

「八岐那彥大人，您該不會是與人結了怨吧？」

「啊，原來如此。也許是吧。」

八岐那彥在白色岩石坐下嘆了口氣。他想到的，是與伊邪那美訣別之際說過的話。

「心愛的伊邪那岐，你對待我是何等殘酷啊。把我關起來，甚至還宣稱要離緣，那我也有我的對策。從今以後，我會每天扼殺一千個你的子民。」

對於伊邪那美這句話，伊邪那岐的答覆是：

「親愛的伊邪那美啊，如果妳這麼堅持，那我會每天建造一千五百座產房。換言之，每天將有一千五百個新生命誕生。」

終於逃離伊邪那美的伊邪那岐，在淨身之後產下天照大神等諸多神祇，成爲凡人八岐那彥，遊歷大和各地，讓許多女人替他生子。妻子的死，若是伊邪那美的怨恨造成的，到頭來，這表示最強的還是死亡。因爲，八岐那彥不想再讓妻子枉送性命。

八岐那彥感到莫大的悲哀。

「宇爲子，已經無法挽回了。今後，我必須接受自己不斷追求女人令其產子、然後害死那些女人的命運。一旦我愛上女人，她的死將會令我痛苦。所以，我也不能去愛。但，我的使命就是繁衍子嗣。」

對八岐那彥來說，除了接受命運別無他法。

「這是怎麼回事？能否告訴我原委？我服侍八岐那彥大人這些年，多少也有點成長。對我而言，八岐那彥大人就像父母，不，就像天神。打從十二歲那年遇到八岐那彥大人，我就拜倒在您偉大的靈魂之下，一心只盼能稍微親近您，就這麼活到現在。八岐那彥大人的痛苦悲傷我全都想理解、分擔。以您的行事作風，無論是再怎麼殘忍、超乎凡人常識、不可思議的怪事，我都能接受。」

宇爲子說著，彷彿嚇得發抖般微微晃動身體。這時，雷聲響起，下雨了。這場雨，想必也會落在眞砂姬的棺木，洗去她的皮肉吧。八岐那彥任由渾身淋濕，一邊仰望早已遙遠得只能看見崖上有黑洞鑿穿的停屍洞穴。

「拜託，請告訴我。求求您！」

宇爲子用不遜於雷鳴的聲音嘶吼。八岐那彥看著宇爲子。

「好吧，我說，你可別驚訝。」

「我絕對不會驚訝。」

宇爲子咬緊牙根。

4

豪雨停了，四下籠罩著清新如洗的空氣，非常涼爽。夜空澄淨，黃色的月亮看起來分外明亮。把自己曾經身爲伊邪那岐神、與伊邪那美之間發生爭執的過往種種，全都告訴宇爲子後，八岐那彥空虛地坐在岩石上，眺望月亮。宇爲子還趴伏在沙地上動也不動。自從聽到八岐那彥與伊邪那美訣別時說的話後，宇爲子似乎大受衝擊，一直沒吭聲。終於，宇爲子抬起淚水濡濕的臉孔。

「八岐那彥大人，那麼您是說，是伊邪那美大人，從黃泉國扼殺了伊邪那岐大人的妻子嗎？」

「不知道。」

「如果眞是如此，那根本無從阻止。」

「你說的沒錯，宇爲子。」

「這太可怕了。」

八岐那彥再次轉頭仰望崖上的洞穴。在月光的照耀下，隱約可見眞砂姬的白棺一角。心愛的女人，將在岩穴中漸漸腐朽湮滅。那種孤獨，令人感到撕裂身體般的悲痛。對方一旦死去，縱使歲月累積也無法復生。如果死者是孤獨的，那麼生者也同樣孤獨。然而，伊邪那美死去時，當時身爲天神的自己，可曾想得這麼深遠透徹？八岐那彥終於醒悟，他對死者冷漠無情的理由，其實是因爲自己長生不老，因此畏懼死亡的不潔。或者，反過來說，正因爲過於畏懼死亡的不潔，所以才祈求長生不老。除非自己的生命有限，否則恐怕永遠無法眞心愛上一個女人，也無法和宇爲子一起活下去吧。

「我和伊邪那美，都被彼此說出的話束縛，無法得到自由。」

八岐那彥突然起身，粗魯地把濕衣隨手一扔。難道不能就這麼自地上消失嗎，他裸著身子拔腿就跑。八岐那彥從粗糲嶙峋的岩岸上，縱身躍入數十尺深的大海。然而，八岐那彥甚至無法讓頭蓋骨撞上岩塊，只是抓到海底細沙，喝了幾口死鹹的海水，身體立刻浮上海面。八岐那彥好一陣子就這麼呆呆泡在海中。可是，身體卻自動浮起。死亡，是他永遠辦不到的事。

「八岐那彥大人！八岐那彥大人！」宇爲子憂心地自岩岸邊探出身子，一再呼喚他。「您怎麼了？」

八岐那彥將手高舉過肩，劃破水面游回宇爲子身邊。

「我不會有事的。」他回答著自海中上岸。任由全身滴著冰冷的水滴，一邊爬上岩石。宇爲子氣喘噓噓地跑過來。

「您突然跳進海中，嚇了我一跳。」

「你看到了嗎？宇爲子。我不管怎麼做都死不了。很久以前，我曾不慎自崖上跌落。造成四肢斷裂，頭蓋骨粉碎。但是，翌日就復元了。我也曾被捲入戰亂，胸口中箭。那時本來也死了，可是翌日傷口自動癒合，我又活過來了。」

「換言之，八岐那彥大人，縱使我老了、死了，您也會一直保持這副尊容是嗎？」

「是的。很詭異嗎？」

聽到八岐那彥這麼問，宇爲子緩緩搖頭。

「不會，我壓根兒不覺得詭異。您實在太可憐了。人們總說渴望長生不老，但我認爲，長生不老其實非常孤獨。我可無法忍受。」

宇爲子的話，令八岐那彥深深頷首。不愧是宇爲子，他覺得聰穎的宇爲子很可愛，但是讓年紀尚輕的侍從苦惱，並非八岐那彥的本意。不過，宇爲子倒是一本正經地說：

「八岐那彥大人打算怎麼做？我宇爲子就算豁出這條命，也要助您一臂之力。就請您說出心願吧。」

「我想死。只要我一天不死，伊邪那美的怨氣大概就不會消除，所以我永遠會害死妻子。你殺了我好嗎？」

八岐那彥嘆息著回答，宇爲子當下淚流滿面。

「好吧。離別雖然痛苦，但若是您堅持，那我就殺了您。不過，該怎麼做，才能奪走八岐那彥大人的性命呢？只要您肯教我方法，我一定——」

八岐那彥伸出右手給宇爲子看。

「你看，我這隻手。昨天才剛被氣多丸的鉤爪刮出很深的口子，今天卻已毫無痕跡。就算你拿刀刺穿我、拿石頭砸爛我，明天肯定又會恢復原本的八岐那彥。」

「即便如此，您還是想死嗎？」

宇爲子的眼睛映著月光，閃著銳利的藍光。「沒錯。」八岐那彥回答，苦惱地雙手抱頭。「可是，我毫無辦法。」

「那麼，我想請問八岐那彥大人，您曾經殺過人嗎？」

八岐那彥搖頭。

「如果是動物，每天早晚，我殺過的數量倒是多得數不清，可是我從未殺過人。打從伊邪那岐的時代，我就是個與女人交媾、創造國土、創造諸神、繁衍子孫的男人。我與死亡無緣。正因如此，才不得不與死後前往黃泉國的伊邪那美分手。」

「那麼，您要不要試著殺我？」

宇爲子的荒謬提議，令八岐那彥大吃一驚。

「殺了你又能怎樣？」

「說不定會發生什麼效用。」宇爲子嘴上這麼說，但是看起來也沒什麼把握。「我想應該值得一試。」

「你一個人死掉也沒用。」

「可是，照您的說法，伊邪那美大人負責殺人，伊邪那岐大人負責生育，二者的使命畫分得很清楚。您不如乾脆來個反其道而行，說不定會有什麼改變。」

宇爲子振振有詞。

「那麼，我看這麼辦吧。你殺我。我也殺你。試試看我倆同時死掉會發生什麼事。若真能死成，倒也可喜可賀。」

話才剛說完，八岐那彥終究還是不免渾身一抖。自己起死回生、宇爲子卻一命嗚呼的機率顯然較高。

「就這麼辦吧。我已有心理準備。爲了大人，縱使犧牲生命也在所不惜。想必，那位眞砂姬夫人，如果知道她的死是您造成的，也會感到滿足吧。那就是愛。您自己，昨天不也對宇爲子說過，您喜愛眞砂姬夫人癡情專一的靈魂嗎？」

宇爲子用一點也不像十九歲的成熟口吻勸說八岐那彥。的確，如果殺死自己看重的人，並且，被自己看重的人殺死，說不定眞的死得成。八岐那彥拔出腰上的長劍。宇爲子也哆嗦著拔出自己的劍。繫在榕樹上的氣多丸大概是察覺出異樣了，開始尖聲啼鳴。

「八岐那彥大人，這些年來謝謝您。」

宇爲子含淚說出最後的謝詞時，烏雲開始覆蓋月亮。

「如果去得成，我們就在黃泉國相會吧。」

八岐那彥也向宇爲子道別後，朝他比個手勢。

「來吧，刺我。」

說著，他將長劍深深刺向宇爲子的脖子。同時，也感到自己的脖子被硬物用力刺中，但他還來不及感到疼痛，就已被溢出的鮮血塞住氣管斷了氣。

不知過了多久。八岐那彥在黑暗中醒來。他聽見潮聲，以及在天空上方呼嘯的風聲。

八岐那彥吐出口中的沙子，翻身坐起。他就像喝得爛醉如泥一樣，什麼都忘個精光，只覺得頭好痛，醒來的滋味很糟。

一旁，只見白衣男人被割破喉嚨倒臥在地。男人的身軀壯碩，角髮上插著玉飾。流出的血被沙地吸收，使得男人身邊的沙子發黑。

「宇爲子，你終究還是死了嗎。」

兩人互砍的記憶如奔流在腦海復甦，八岐那彥跑過去想抱起宇爲子。果然只有自己活下來，這股絕望浸染心頭。但是，八岐那彥旋即驚愕止步。倒臥不起的，是八岐那彥。不，是頂著八岐那彥外貌的人，大量出血而死。那麼，自己又是誰？八岐那彥試著撫摸喉頭，但是並無傷痕。他再看看雙手。這是一雙骨節不明顯的年輕的手。難道說，自己是宇爲子？如果是宇爲子，左手上臂應該有顆黑痣。他發狂般扯下衣服，在月光下仔細審視手臂，果然有黑痣。如此說來，兩人互砍後，結果八岐那彥的身體死了，宇爲子的心也死了，自己就變成了宇爲子的模樣嗎？殺死宇爲子的「心」的八岐那彥，當下嚎啕大哭。但，他倏然回神自言自語：

「不，沒等到明天還不確定會怎樣。」

說不定按照慣例，八岐那彥又會起死回生。或者，宇爲子的身體變得長生不老也不一定。抱著姑且一試的念頭，八岐那彥想弄傷宇爲子的身體，他撿起地上的劍，用劍尖劃過左掌。他忍著痛，默默看著鮮血噴出。或許明天傷痕就不見了，但是現在血流不止。

天亮了。自己好像流著血，就這麼不知不覺睡著了。八岐那彥被氣多丸激動的叫聲吵醒後，立刻先去檢視自己的屍身。躺在地上的八岐那彥依然氣絕。兀然張開的雙眼濺上血滴，現在早已乾涸。還有，自己劃破的掌傷不僅沒復元，甚且還在繼續流血。

八岐那彥發出模糊難辨的叫聲。自己已變成頂著宇爲子外貌的十九歲男孩，今後生命將是有限的。失去忠心賢明的侍從時，也正是他成爲眞正凡人的瞬間。但，其實，也許只是因爲殺了宇爲子年輕的心，使得原來身爲上古天神的自己，奪走了宇爲子年輕的肉體罷了。畢竟，做爲殺戮凡人的代價，或許這次，他眞的不配再當神了。因爲自己原本是只負責「生產」的神。

「今後我要以宇爲子的身分活下去。」

一旦這麼下定決心，宇爲子的溫柔善良與青春活力好像充滿體內。這是前所未有的感覺。

「去吧，你的主人已經死了，你想去哪都行。」

「宇爲子」解開繫著氣多丸的鍊子，把牠往空中一放。氣多丸激烈鳴叫，繞著八岐那彥的屍體來回盤旋。最後，剛看牠不知飛到哪去了，下一秒已用利爪抓著大蛇回來。然後，牠瞄準「宇爲子」把蛇扔下。那是天呂美島上數量很多的劇毒之蛇。氣多丸大概以爲是「宇爲子」殺了主人八岐那彥，所以正在報仇吧。「宇爲子」一刀砍斷毒蛇，朝氣多丸大喊：

「氣多丸，八岐那彥已經死了！快去通知你那些鳥朋友！」

好一陣子，蒼鷹就這麼邊叫邊在空中盤旋。「宇爲子」的掌傷隱隱作痛。一看，原來是毒蛇細小的毒牙刺進傷口。他慌忙拔除，但蛇毒似乎已從傷口侵入。左手忽然開始紅腫，變得沉重，他不由得屈膝跪倒。於是，蒼鷹似乎這才安心，漸去漸遠。「宇爲子」倒在海灘上，一邊還在爲蒼鷹認定自己是八岐那彥的仇人，對變成宇爲子的自己報復之舉，露出苦笑。

「宇爲子小哥，你怎麼了？」

悲鳴傳來。原來是島長見主僕二人到了早上仍未歸來，擔心之下，帶人趕來迎接。島長看到八岐那彥的屍體，當下悚然呆立。

「八岐那彥大人怎麼會死？」

「宇爲子」雖然即將昏厥，還是努力告訴島長：

「八岐那彥大人在過度悲傷下，自尋短見。我雖曾阻止，但大人死意堅決，還是自殺了。」

「宇爲子」從那天開始發高燒，整整兩週以上的時間都昏迷不醒，徘徊在生死邊緣。

「宇爲子」纏綿病榻的期間，舉行了八岐那彥的喪禮，遺體被安置在眞砂姬的旁邊。八岐那彥和眞砂姬想必會相伴著一同腐朽，兩人的肉體在數年後被海水洗滌，魂魄終於得以前往大海彼端的神之國度吧。

5

兩個月後，終於可以下床的「宇爲子」，去八岐那彥與眞砂姬的墓地弔祭。然後，他望著曾經屬於自己的八岐那彥遺體，沉浸在奇妙的感慨中。

「發出屍臭的你是誰？是伊邪那岐？還是八岐那彥的臭皮囊？或者，是宇爲子的心？不，不可能是宇爲子的心。因爲，心在我這具身體裡。如此說來，人的肉體皆是虛無的，只有心能留下嗎？」

有著八岐那彥外貌的屍體，和眞砂姬一樣，在寬闊的額前放著驅邪除魔的貝符，凹陷的眼窩曝曬在煌煌白日下。

「我如果死了肯定也一樣，所以我想這是凡人不可避免的宿命。正因如此，光是能夠活著，就已很美好了。」

這是那時宇爲子看著眞砂姬遺體說過的話。有生以來頭一次擁有藐小平凡的肉體，令「宇爲子」戰慄，那種脆弱幾乎令他落淚。曾經對伊邪那美以及眞砂姬的腐屍敬而遠之、厭懼交加的自己，是多麼軟弱又欠缺考慮啊。

「曾經承載八岐那彥靈魂的肉體啊，我決定伴隨宇爲子的靈魂，踏上旅程。此生想必再無重逢之日。你就在空中消散，溶於大地吧。」

「宇爲子」對著屍體如此呼喊，把八岐那彥的長劍和弓箭放進棺中，便離開墓地。他打算離開天呂美島。

「宇爲子小哥，你要去哪裡？」

依舊穿著白色喪服的島長，詢問準備啓程的「宇爲子」。在天呂美島服喪，會持續到洗骨那天。還有整整兩年的時間，都得穿著白色喪服。「宇爲子」看著島長在白衣映襯下顯得格外黝黑的面孔。

「八岐那彥大人也過世了，所以事到如今，我也不想再回大和。既然如此，我打算索性去陌生的南島見識一下。幸好，有認識的舵手在，我想拜託他收留我當水手。」

島長滿臉驚訝，拚命挽留他。

「宇爲子小哥，你又何必非去當什麼水手不可。你是擔任過八岐那彥大人侍從的貴人，不用吃那種苦，只要留在天呂美就行了。天呂美也有很多年輕姑娘。我會幫你挑選，你就留在這裡成家立業吧。」

「你的手不方便，還要去當水手，太可憐了。」

說著掉下眼淚的，是眞砂姬的母親。

「宇爲子」失去了左掌。因爲當時島長判斷，蛇毒一旦擴散，左手離心臟很近，所以當下砍斷了他的手掌。主人八岐那彥自殺身亡，自己也失去左掌的「宇爲子」，令島民深深寄予同情。

然而，對「宇爲子」來說，有沒有左掌都無所謂。因爲自己少了左掌的肉體，正顯示出生命有限。今後倘若受傷生病，不僅不會立刻復元，還會日日產生變化，八岐那彥變成「宇爲子」後，終於得到了這種凡人的肉體。現在，棲息在「宇爲子」肉體深處的八岐那彥，決心充實度過每一天直到生命結束。不知不覺中，他已徹底取代宇爲子，開始享受十九歲的青春生命了。

運貝船的舵手，對八岐那彥的年輕侍從印象深刻。「宇爲子」一表明想當水手，他二話不說就答應了。「宇爲子」用牙齒解開纜繩，張起船帆，用單手划槳，總算還能應付船上的工作。並且，他希望自己有一天能從水手變成舵手。

「宇爲子」搭的船，終於來到海蛇島，是在八岐那彥死亡一年後的滿月之夜。小島的白色崖壁在月光下發出暗淡的光芒，左手邊是一片長長的白色沙灘。船明早才要入港，所以水手們都在懶散休息。

可是，「宇爲子」卻在船艙底下對抗疼痛。說來不可思議，失去的左掌，有時會感到劇烈疼痛。這種疼痛的幻覺，甚至令「宇爲子」的額頭冒冷汗，可是這樣痛上一天後，翌日就會不藥而癒。只要心裡還留著疼痛的記憶，便不可能完全痊癒——這麼告訴他的，是以前曾經提及海蛇島巫女的那個老水手。「宇爲子」還是八岐那彥時，疼痛只有瞬間，因此現在每當與疼痛的幻覺對抗，「宇爲子」便會感到人體的奇妙。不，奇妙的毋寧是心，「宇爲子」望著手掌被切除的左手暗忖。

甲板上響起叫聲。「宇爲子」衝上梯子一探究竟，只見水手們七嘴八舌地指著海面叫嚷。他們是在說「好像有人從崖上跳進海裡」。舵手大聲下令「把船靠過去」。由於風平浪靜，所以水手們划槳前進。

「宇爲子」從船邊探出身子，放眼眺望被滿月照亮的海面，但是他什麼也沒看見。平靜的海上，彷彿滴了油一樣映著晶亮月光。船很快就來到白色石灰岩嶙峋的山崖邊。從下方往上看，山崖頗高。若自崖上墜落，縱使泳技再好，恐怕也不可能獲救。

水手們藉著月光凝目細看海面。當水手，是賭命的工作，因此特別重視他人性命。

萬一眞的有人落海，就算自己的生命有危險，大家也會互相幫助。

「沒有浮起來顯然不對勁。」老水手側首不解。「就算最後還是會沉下去，依照人體的構造，至少也會先浮起。」

「這是怎麼回事？」

「宇爲子」這麼一問，老水手說：

「大概是抱著石頭投水自殺吧。」

若是當事人自己尋短，被救起來恐怕也不樂意吧，船上頓時瀰漫這種惆悵氣氛。

「我曾聽說，海蛇島由於生活窮困，不得不削減人口。該不會是出了什麼問題吧。」

老水手蹙起白眉說。

「浮起來了！」有人喊道。攀上桅杆頂端瞭望台的人指向彼方。只見不遠處的海面上，兀然漂浮著白衣，屍體仰面向上。

「是女的。」

老水手咕噥。「宇爲子」一聽是女的，當下就覺得不祥。

「你怎麼知道是女的？」

「男人溺死的屍體都是臉朝下浮起，只有女的才會臉朝上浮起。」

某個水手答道。這好像是水手的常識。

女人是從那高崖上跳入海中嗎？船上一陣騷動。一方面是惋惜，另一方面大概也好奇，會有那種勇氣的女人是什麼模樣吧。

老水手與「宇爲子」從船邊放下可容兩人的小舟坐上去。老水手操槳靠近屍體，「宇爲子」拿有鉤的棒子把屍體拖過來。結果，那是個長髮及腰、相貌華美的女子，五官非常秀麗，雪白的臉上毫無瑕疵，而且雙唇微啓，彷彿在嫣然微笑。她的雙腳腳踝本來綁著繩子，現在已經斷了。想必是在繩上綁著石頭，再抱著石頭跳海自殺，結果在強烈衝擊下扯斷了繩子吧。

「這不是加美空大巫女嗎？」

老水手大叫。「宇爲子」驚愕地看著女人的臉。他記得加美空這個名字。因爲老水手說過，那是美貌足以與眞砂姬匹敵、多島海首屈一指的美女。的確，她的美貌世間罕有而且頗具威嚴，身材也很健美。可惜，她早已斷了氣。

「怎麼會發生這種令大巫女自尋短見的憾事呢？一定是非同小可的問題，眞可憐。」

老水手看著加美空的臉無力地說。「宇爲子」的幻肢痛曾幾何時已經消失了，但是想到眼前或許正有和天呂美不同的災厄在等著，他滿懷不安地仰望黑幢幢的島影。

加美空的遺體，被船上備用的船帆整個覆蓋，放在甲板上等到天亮再說。「宇爲子」和老水手心裡七上八下地陪在屍體旁邊。號稱多島海最美麗的兩大美女，在這一年來相繼身亡，這是不祥之兆。難道加美空也是伊邪那美復仇行動下的犧牲品嗎？但，他想不透伊邪那美和加美空有何關聯。只是，不知怎地，他總覺得自己是在冥冥之中被引導到這個小島。

「這個女人，聽說是島上的大巫女是吧？」

舵手來了，向遺體行禮祭拜後，問老水手。

「是的。」老水手點頭。「之前，在八岐那彥大人面前我曾提過。她就是多島海的第一美女，那座海蛇島的大巫女，加美空大人。」

「原來如此，這就怪了。之前，我不是在八岐那彥大人面前說過大黃蜂的故事嗎。你還記得嗎？宇爲子。」

舵手向「宇爲子」問道。

「記得，就是那個讓一隻大黃蜂搭船從大和國抵達奈針波的故事吧。」

「沒錯。那時，我不是說過海蛇島有人被黃蜂螫死嗎？我後來聽說，那個死者，就是這位加美空大巫女的丈夫。」

聚集在甲板上的水手們聞言，面面相覷，人人都對這不祥的巧合心生畏懼。

「眞砂姬夫人，八岐那彥大人，還有加美空大巫女。那晚的主角，全都相繼過世了。該不會是因爲這艘船載過聽得懂人話的黃蜂吧？不是嗎？或者，純粹是我自己想太多了？」

舵手撫著略禿的腦袋自言自語。

「我有種不祥的預感。我看我們還是別去海蛇島算了。」

一名壯碩的中年水手交抱雙臂說道。

「那麼，加美空大巫女的遺體怎麼辦？總不能扔進海裡吧。」

見舵手發怒，另一個水手慌忙囁嚅：

「舵手，死者的魂魄還在附近，她會聽見的。」

水手們很迷信。他們認爲，就算人死了，魂魄也會暫時在原地飄蕩。所有的人都面帶瑟縮，朝黑暗的大海與船邊的角落，投以不安的視線。只聽見不知是誰低聲啐舌嘟囔。

「讓女人上船準沒好事。」

「舵手，天一亮就把遺體送去島上，然後立刻啓航吧。」

「這個主意好。這個島看起來可不是好地方。」

大概是目睹跳海自殺，遏阻了他們本想上岸的念頭吧。被備用船帆包裹的加美空遺體，讓水手們抬到船頭去了。似乎是不想看到那種東西，水手們全擠在船尾，背對船頭而坐。只有「宇爲子」和老水手又在遺體旁邊坐下。

「加美空大巫女眞可憐。大概是丈夫被黃蜂螫死，讓她失去了活下去的指望吧。」

老水手嘆息著說。對丈夫的愛，深刻得令她難以忍受喪夫之痛嗎？「宇為子」想起宇為子生前說過的話。

「我已有心理準備。為了大人，就算犧牲生命也在所不惜。想必，那位眞砂姬夫人，如果知道她的死是您造成的，也會感到滿足吧。那就是愛。您自己，昨天不也對宇為子說過，您喜愛眞砂姬夫人癡情專一的靈魂嗎。」

當他沉湎回憶之際，老水手瞇起眼睛說：

「不過話說回來，那場八岐那彥大人款待的酒宴眞愉快，我從未那麼開心過。」

既是僅有一次的人生，歡娛自然也僅此一次。躺在這裡的巫女，想必也有過深刻的歡娛與悲愁吧。包覆遺體的船帆下，隱約露出一截雪白指尖，手指是蜷曲的，彷彿想抓住什麼。

6

翌晨，舵手把「宇為子」喊來交代。他說水手們決定不上岸，所以船會停在外海等待小舟歸來。無可奈何之下，「宇為子」只好與老水手二人，搬運加美空的遺體。為了避免備用的船帆遭到島民搶走，他們剝下包裹加美空屍體的帆布，保持她跳海自殺的姿勢抬上小舟。昨晚那席對話，好像令大家突然變得特別迷信，加美空的遺體才剛搬下船，立刻就有人四處拋撒珍貴的鹽巴驅邪。

海蛇島的港口，只是利用天然海口而成，連棧橋都沒有，一旦風雨來襲，恐怕會立刻吹個精光。港口也只有一艘撈小魚和海藻用的獨木舟，繫著纜繩停泊。依這種別無船隻的情形看來，男人八成都出海捕魚去了。開滿牽牛花和黃槿花的白沙海灘極為美麗，衣衫襤褸的大群婦孺抱著籃子，正在撿拾貝類與海藻。

「好窮的島。」

老水手從舟上站起，望著小島說。

「只有獨木舟。」

「是啊，想必連木材都不多吧。面積不夠栲樹生長。沒有森林的島自然也無法打造大船，蓋不了房子。」

「不過，倒是個美麗的地方。」

「宇爲子」對這乍看之下宛如樂園的風景，多少有點樂在其中。老水手朝加美空的遺體投以一瞥。在男人們的大手打理下，加美空已梳攏頭髮雙手交疊。

「的確。而且，這裡位於多島海東端，因此被稱爲聖島。這是太陽升起首先會經過的島，所以據說是天神降臨之地。但是，現在執司太陽的巫女已經死了，今後還不知該怎麼辦呢。」

海灘上的婦孺，看到「宇爲子」與老水手的小舟，似乎發現了遺體。發出震天響的尖叫。年輕的母親拉著小孩的手逃走。幾個膽子較大的中年婦女，戰戰兢兢地靠過來。

「昨晚，這位夫人從崖上跳海。」

女人們表情驚愕地衝上前。

「加美空大人！」

她們的哭叫當下令海灘一陣騷動。「宇爲子」與老水手把加美空的屍體搬下小舟，放在樹蔭下。她原本濕透的白衣早已晾乾，衣襬在海風中飄動。她的遺容，就像在樹蔭下睡覺般安詳。

「媽！」

跌跌撞撞地跑來的，好像是加美空的孩子們。有雙手抱著雙胞胎嬰兒的年輕女孩，和年約六七歲的女童。還有十歲左右的少年。不愧是加美空的孩子，他們的體格和五官都比海灘上的人出色，但衣著同樣寒酸。

「妳是巫女大人的女兒？」

老水手問，抱著嬰兒的女孩點點頭。

「妳的丈夫到哪去了？」

「我丈夫和我大弟昨天出海捕魚去了。我正覺得奇怪怎麼沒看到我母親，沒想到竟會變成這樣。到底出了什麼事？」

「我就把我們僅知的告訴妳吧。昨夜，我們的船停在外海，忽然看到有人從崖上跳海。我們急忙趕去救人，但崖太高，海太深，還是晚了一步。得知這具遺體是島上的大巫女，船上的人都很震驚。沒能救活她，非常抱歉。」

「宇爲子」一說話，海灘上的人全都看著「宇爲子」。有人發現他少了左掌，立刻垂下眼。在某些島上，往往有許多人嘲笑、輕蔑「宇爲子」的手。但是，海蛇島雖窮，島民似乎彬彬有禮，自尊心極高，難怪會被稱爲聖島。「宇爲子」暗自感佩。

「眞是謝謝你們。」

女孩堅強地向「宇爲子」二人道謝，撫摸哭泣的妹妹腦袋，然後就像洩了氣般，一屁股跌坐在加美空身旁。她雙手抱的孩子尚在襁褓。年輕的小媽媽，要照顧孩子，又遭逢母親過世，似乎已筋疲力盡。

之後，只見接獲消息看似島長的老人和他的隨從也趕來了。

「走吧，宇爲子。」

怕麻煩的老水手，對「宇爲子」吆喝一聲就想走，但女人們紛紛懇求。

「拜託，請再多留一會兒。男人們昨天出海，暫時還回不來。可是，按照規矩，必須由男人抬棺，如果你們都走了，會很傷腦筋。」

加美空連無人抬棺都考慮到了，所以才刻意抱著石頭跳海，不讓屍體浮起來吧。如果是連後事都考慮周到才跳海，那她爲何執意尋死呢？「宇爲子」有點好奇她的理由。

「宇爲子，我們回船上吧。」

老水手催他，但「宇爲子」拒絕。

「如果只是抬棺材，那我願意幫個忙。」

「好吧。那，我會告訴舵手再多等一天。明天這個時間來接你。」

老水手靈巧地划著小舟回運貝船去了。

海蛇島的島長，是個高齡八十的老人。負責輔佐他的，是幾個跟他同樣歲數的老人。據說是這些無法出海捕魚的老人在治理島上。

「加美空大人終於死了嗎？」

島長的雙眼白濁，但，好像能夠明察秋毫，睨視加美空的遺容。

「看到女兒生下雙胞胎，有了繼承人，大概是安心了吧。」

島長等人在加美空遺體前開始商量。加美空的幾個孩子，圍在母親身邊，呆呆地抱膝而坐。

「妳還好嗎？」

「宇爲子」問長女。長女愣愣地點個頭，得知母親是自殺，她似乎說不出話，也擠不出眼淚。

「我聽人說，被黃蜂螫死的，是你們的父親？」

「是的。」長女低聲回答。「那是一年半前的事了。家母似乎知道什麼隱情，家父死後，她的言行舉止就變得很奇怪。」

「什麼隱情？」

「這個我也不知道。從那之後，她對巫女的工作就不太起勁了，整天只顧著在海灘徘徊漫步，甚至一再遭到島長警告，叫她要認眞工作。我想是家父的死令她太傷心，因爲他倆非常恩愛。然後，就在三個月前，我生下了這兩個孩子。在這島上，命運不斷以陰陽的順序輪迴，我生的兩個女兒據說將會是下一任的陰陽巫女。母親很高興，她說自己終於有繼承人了。也許是因此感到安心，才會自殺吧。」

「被黃蜂螫到，是很罕見的事嗎？」

長女緩緩搖頭。

「黃蜂螫傷家父的眉心後，也立刻死了。我看過黃蜂的屍體，那是島上從未見過的品種。所以，可能是不知打哪飛來，湊巧螫傷家父吧。被黃蜂螫傷後，家父的臉孔腫脹，又拖了半日工夫。可是，他漸漸無法呼吸，最後就這麼痛苦掙扎著死去，家母非常悲傷。可是，現在家母也死了。難道我們是被詛咒的家族嗎？」

長女涕淚漣漣。

「沒那種事。」

「宇爲子」勸慰著，但長女一臉認眞地傾訴。

「如果眞的遭到詛咒，接下來還會遭到全村排擠。我曾聽說，家父的家族，在妹妹夜宵出生前，就是一直如此。」

長女很怕傳出不利的謠言，遭到全村制裁。在這麼小的島上如果被全村排擠，恐怕很難生存下去。

「是嗎，對不起，是我不該問這種問題讓妳擔心。」

「宇爲子」道歉後，偷偷觀察加美空的長女。她說陰陽會不斷輪替，和「陽」加美空成對比的「陰」長女，的確長得平庸而不起眼。次女也一樣，只憑血緣維繫的世代，也表露在外貌上。

幾個女人，不知從哪弄來一具棺木。然後，將加美空抱起放進棺中，可是用紅木荷做成的簡陋棺木比加美空的體型小了一號，最後只好把她的腳摺起來硬生生塞進去。據說那本是矮小的島長替自己做的棺木，一時之間也來不及準備新棺木。加美空眞可悲。

島上人人都在哭。可能是因爲壯年男子都不在，長女和次女以及沉默寡言的次子，緊靠在「宇爲子」身邊，似乎把他當成大哥依賴。

這時，一名初老女子上氣不接下氣地跑來。那身白衣，看來應是倉卒取出，皺巴巴的。她的脖子上掛著珠鍊，手拿白色貝殼。然後，一邊喃喃祈禱，一邊催促眾人起身。看樣子，喪禮好像要開始了。

送葬隊伍打頭陣的，是拄著拐杖的島長。其後，是加美空的棺木。「宇爲子」雖是外人，但大概是看他在男人當中最年輕力壯吧，他奉命扛著棺木前端。其他人，好像是村中僅剩的男性。有腿部骨折正在療養的中年漁夫，還有三個已經高齡八十嘮嘮叨叨的島長隨從。加美空年僅十歲的兒子，也跟在「宇爲子」身旁抬棺。

臨危受命接替加美空職務的初老女子，走在棺旁開始唱起疑似葬禮專用的歌。她那結結巴巴、毫無自信的歌聲，顯然令眾人的心情愈發委頓。隨著憂鬱的隊伍緩緩前進，咳聲嘆氣的人們，從與簡陋工寮無異的家屋出現，陸續加入隊伍後頭。「宇爲子」忍不住探頭窺視屋內，那種貧困的生活窘境令他吃驚，他垂下眼睛，努力不讓臉上露出訝異之色。

今日斯日
隱身於神之庭園
遨遊於神之庭園
等候於神之庭園
自天而降
渡海而來
今日斯日
虔誠膜拜

身高只到「宇爲子」胸口的加美空次子，咬緊牙根，似乎在忍受棺木的沉重負荷。
「你還行嗎？」
「宇爲子」囁語，次子點點頭。
「那個，其實本來是我媽媽的工作。」他苦澀地說。
「那麼，那個人也是巫女嘍？」
「是第二順位家族的巫女。本來第二順位的巫女應該是海龜一族，也就是我父親的家族，但是那邊的夜宵姑姑已成爲幽冥巫女，所以沒其他人選。再其次的巫女家，是海鼠一族，那就是那家的大嬸。所以，她的祈禱詞念得很糟，連舞也不會跳。」

急就章的巫女，唱歌祈禱都結結巴巴的很不流利。送葬隊伍不悅地聽著荒腔走板的歌聲，一邊扛著沉重的棺木往西邊走。

「我們要去哪裡？」

聽到「宇爲子」這麼問，次子上氣不接下氣地回答：

「去網井戶。那是島上的墓場。棺木要放進洞窟。」

多島海的墓地多爲洞窟。「宇爲子」礙於情勢，順理成章地成爲扛棺者，但他想，自己來到這個島上的理由是什麼呢？應該有理由才對，在他還沒想通之前，他不能走。

大巫女的
隱身之處
貴姐妹的
隱身之處

走了將近半里路，終於抵達應是島上西邊的岬角。次子好像已累得連話都不會說了。

打從中途，就由別的老人接手替他抬棺。解脫抬棺苦刑的次子，與么妹手牽著手，寸步不離「宇爲子」身邊。

「那就是網井戶。」

林投樹與榕樹密林的末端，出現一個昏暗的洞穴。樹木形成的天然隧道是通道，裡面好像有東西。那條通道狹小得僅容棺木勉強通過，送葬隊伍排成一列縱隊，鑽過隧道走到底後，眼前是一片自然形成看似圓形廣場的草地。正面石灰岩崖壁上有個大洞窟。可以看見從洞口附近一直到深處，都排放著棺木。這就是島上的墓場。洞窟旁，蓋了一間林投葉鋪頂的簡陋小屋。大概是給守墓人住的吧。

這時，只見小屋陰影處站著一個年輕女孩，正在抽泣。她的個子很高，雖是初次見面，相貌卻令人感到熟悉。她的眉毛畫出美麗的弧形，看似聰穎的眼睛充滿青春活力。窺見女孩面貌的「宇爲子」，當下目不轉睛地呆立原地。但女孩並未注意到「宇爲子」，只是頻頻用粗布衣裳的袖口拭淚。

「站在那裡的女人是誰？」

一見鍾情的「宇爲子」向身旁的次子問道。

「那就是幽冥巫女，夜宵姑姑呀。」

白晝巫女與幽冥巫女。那就是被螯死的加美空夫婿的妹妹嗎？也許自己就是爲了與夜宵相遇，才化身爲十九歲的「宇爲子」，得到平凡肉身，在冥冥之中的引導下，來到海蛇島。「宇爲子」心中充滿確鑿不疑的念頭，幾乎喘不過氣來。雖在喪禮進行中，他卻湧起莫大歡喜，恨不得到處奔跑大叫。原來這就是活著的美好，「宇爲子」望著自己切斷的左手想。

島長下令安置棺木，「宇爲子」和老人們一起抬棺入洞。洞內，放滿了舊棺。越靠近入口的棺木越新，靠裡面的棺木已有白骨零亂掉出。比較新的棺木，大概是加美空那個被黃蜂螫死的丈夫所有吧。放好棺木離開洞窟，正好與迎面走來的夜宵四目相接。

「嗚呼噫歟，彼何好女」，這句古老的話差點衝口而出。那是他曾對伊邪那美說過的話。「啊，多麼美好的女子啊。」

夜宵面對陌生的「宇爲子」，露出狐疑的表情，但「宇爲子」並未錯過她眼中的驚訝。那是發現對方來自不同世界的驚訝。同時，肯定也是意外發現白馬王子的驚訝。讓我倆攜手共赴另一個世界吧，「宇爲子」在心中對夜宵吶喊。讓我們一起離開這座島吧。這時，夜宵滿臉訝異地轉身回顧。妳聽見我的聲音了嗎？他在心中再次吶喊，而夜宵也再次轉身看著「宇爲子」。自己彷彿隱約看見一道灼人的強光。有時雖才初次相遇，卻在一瞬間明瞭彼此都是爲了對方才活到現在。當下，這一刻正是如此。

「夜宵大人，這邊請。」

可是，夜宵被島長一喊，又繼續往前走了。

「事出突然，眞可憐。來不及製作妳的棺木。接下來應該會趕工做出來，所以在明天早上之前，請妳喝下這個。」

夜宵從島長手上，接過裝在陶器裡的液體。察覺莫大的悲嘆，四下一看，只見參加送葬隊伍的村民，都低著頭在暗自飲泣。「宇爲子」覺得好像聽到棺木這個字眼，不安地問次子：

「怎麼回事？」

次子不發一語地啜泣。長女也流著淚，連臉都抬不起來。驟然增強的悲傷與凝重氣氛，令他預感即將發生更糟糕的事。但，這場喪禮，在島長遞陶壺給夜宵後，似乎就此結束了。眾人留下夜宵一個人，就這麼默默地離開廣場。「宇爲子」也被催著起身，離開了網井戶。但是想到夜宵一個人待在陰森的網井戶，便對她萬分憐憫。他決定算準時間，趁著黑夜再潛回網井戶看看。

「接下來，還要做什麼？」

「宇爲子」追上精疲力竭慢吞吞拖著腳步的次子問。其他人好像都已回家了，只見路上人影稀落。

「島民會來我家，所以大家說要一起烹煮食物。」

「那夜宵小姐怎麼辦？」

次子駐足抬起頭。

「如果按照往例，幽冥巫女在喪期結束前，不能見任何人。幽冥巫女必須和死人一同生活。」

「可是，你是說這次不同？」

次子含糊其詞。

「我也不清楚。」

「宇爲子」很想回網井戶與夜宵說說話，但是氣氛畢竟不容他這麼做，只好就這麼伴隨加美空的家人一起橫越小島，來到加美空位於東端的祈禱所和住處所在的岬角。「宇爲子」從斷崖俯瞰海面，認淸自己的船就停在外海上。沒錯，加美空的確是從這裡跳海的。

夕陽西下，簡樸的「宴會」開始。菜色是貝類與海藻。曬乾的魚鰭烤過後和酒一起端上桌。酒是用米釀造的。「宇爲子」喝了酒。由於口很渴，因此酒意外地美味。

「這次很謝謝您。多虧您幫忙，加美空大人才能回到島上，順利移交給下一代。」

島長在幾名老人和婦女的攙扶下，過來道謝。

「這是什麼意思？」

「宇爲子」問，島長渾濁的眼睛朝著空中說：

「加美空大人一旦死了，幽冥巫女也得死。加美空大人想必不願如此，才會自行跳海吧。因爲她的屍體如果沒有浮起來，就無法確定是否已死。可是，多虧你們把遺體送回來，本島得以傳承到下一代。在那邊那對雙胞胎年滿十六歲之前，得由備位巫女代替她倆執行職務，不過應該還能湊合過去吧。加美空大人那一代有點太搶眼了，所以換個氣氛也不壞。」

「夜宵小姐爲何要死？」

「宇爲子」動著忽然笨拙起來的舌頭問。

「在這島上，晝與夜是成對的，因爲是陽與陰。」

「宇爲子」赫然醒悟，原來根本不是爲了喪禮，加美空是爲了不讓夜宵跟著殉死，才會在自己腳上綁石頭。「宇爲子」他們送還遺體之舉，並非加美空的本意。察覺夜宵或許在這當下已步向死亡，「宇爲子」慌忙想起身，可是，他失去平衡重重摔倒。

7

看樣子，他好像在房間角落昏過去了。「宇爲子」醒來時，伸出右手，確認四下無人。

他發現自己好像還待在接受「款待」的房間，不禁鬆了一口氣。雖然總算試著站起來了，但頭很暈。他是外人，所以酒中也許放了麻藥吧。他曾聽說過，有些島上有劇毒植物，所以能醒來，已値得慶幸。「宇爲子」靠雙手摸索著走出門外，找到水井漱口飲水。

月已西斜，黎明將至。「宇爲子」腳步踉蹌地勉強邁步向前，朝西方走去。明明趕時間，身體卻不聽使喚，眞是急死人了。他想起以前還是八岐那彥時，在那個人人戴著貝環的村子，咒術師曾經說過：

「聽說也有和大和不同的毒物。」

那顯然指的就是夜宵的命運。

花了快一個小時，好不容易才抵達網井戶，隱約聽見有人低聲說話。原來是幾名老人壓低嗓門站著閒聊，一邊凝視樹洞入口。他們是在徹夜監視，以免夜宵逃出網井戶。好可怕的島，「宇爲子」爲之戰慄。萬一被發現，想必不是下個麻藥就能了事吧。無奈之下，他只好先走下西海岸，再攀爬應是位於網井戶下方的山崖。東方天空已漸呈魚肚白。正好方便他攀崖，但他現在只擔心一件事：夜宵該不會已經死了吧。

好不容易爬到頂上，那裡正是墓場所在的洞窟上方。底下的小屋還亮著燈。總算及時趕上，他雀躍地一躍而下，衝到屋外悄聲喊道：

「夜宵，妳還活著嗎？」

小屋簡陋的門遲疑地拉開一條縫，從中探出夜宵的臉。她的雙眼哭得紅腫。「宇爲子」鬆了一口氣，上前就想拉起夜宵的手。但，夜宵面色不安地問：

「你是誰？」

「宇爲子」沒回答這個問題，低聲說：

「快逃吧，否則就來不及了。」

「可是，要怎麼逃？」

夜宵猶如哀號般高喊。那聲音尖銳得幾乎劈開樹木覆蓋的網井戶，所以聽在守在外頭的老人耳中，也許像是垂死前的呻吟。不過，「宇爲子」感到，那是夜宵強大的怒火。那是想逃，想活下去，想奔赴另一個世界，想愛某人，可是，卻被逼迫斷送性命的怒火。也許白天「宇爲子」朝夜宵傳遞的心聲，她已感應到了。

夜宵用力拽住「宇爲子」的右手，那隻手正微微顫抖。

「已經沒希望了。這裡是個小島，想離開都沒辦法。出口又有老人們監視，前方直到『神聖標記』，是整片長滿棘刺的林投樹林。『神聖標記』的更前方誰也沒去過。我曾聽說會通往北方岬角，可是沒有船也無法離開島上。我已經逃不掉了。」她連珠砲似地呢喃。

「妳說『神聖標記』再過去有什麼？」

夜宵眼神不安地瞥向東方天空，然後才指著北邊說：

「聽說有個將林投樹林一分爲二的隧道。只有大巫女才能走進那裡。其他人誰也沒去過，更沒見過。不過，大家私下偷偷傳言，穿過林投樹林，就能通往北方岬角。」

「北方岬角嗎？我知道了。那麼，妳在那邊等。我從港口偷到獨木舟，就去北方接妳。」

「我一個人走得到嗎？」

夜宵神色不安地說，「宇爲子」只好鼓勵她：

「待在這裡，只有服毒的死路一條。到時候，妳年紀輕輕就得躺進加美空旁邊的棺材裡。還是跟我一起活下去吧。」

「宇爲子」把夜宵緊緊抱入懷中，這突如其來的舉動令夜宵身體一僵。「宇爲子」輕輕用右手托起夜宵的下巴親吻她。我要吹進生命氣息。不，曾是天神的自己，要從壽命有限的凡人那裡，得到寶貴的生命。「宇爲子」閉上眼，試圖接納夜宵的生命。這時，夜宵注意到「宇爲子」的左手，驚訝地問道：

「你這隻手是怎麼搞的？」

「中了蛇毒。」

夜宵目不轉睛地凝視「宇爲子」，一邊拉起他的左手，溫柔地把臉貼在他的斷掌之處。

「今後就讓我做你的左手吧。」

沒錯。自己是被引導來見這個女人的。「宇爲子」當下安心，推著夜宵的背催促她：

「沒時間了。妳快走吧。如果可以，我想趁天色大亮前離開島。島上的人應該是天亮後才會開始活動吧。」

夜宵如箭矢般當下朝北方跑去。只要穿過網井戶的密林，通過「神聖標記」，據說接下來就只有一條路通到底，就算路不通，她也沒有第二條路可逃。夜宵不安地回頭，於是「宇爲子」揮揮手示意她「快去」。然後，他回頭去取船了。

必須快點才行。「宇爲子」再次走下洞窟背後的山崖來到海岸。然後，再從別處攀崖，這次是藏在樹木之間，朝東南方的港口前進。等到天一亮，婦女們大概就會出來撿貝類和小魚了吧。他得趕在那之前偷走獨木舟。運貝船也只會停在海上等他到早上。他必須趕往北方岬角，讓夜宵上獨木舟，再把小舟歸還。

然而，海灘早已有島民在，是昨天將加美空遺體放進棺木的那幾個勤快的中年婦女。而且，昨天還漂浮在港口的獨木舟已經被拖上海灘。現在女人們正圍著小舟，不知在商量什麼。

「等一下。」「宇爲子」喊道。看到突然現身的「宇爲子」，婦女們面露訝異。

「這艘小舟能否借給我？」

女人搖頭。

「不行。島長吩咐，要用這個做棺木。因此，從昨夜就拖上岸晾乾了。」

「做誰的棺木？」

女人們低頭不語。夜宵的殉死，想必是個禁忌話題吧。眾人期待夜宵靜悄悄地獨自死去。

「說到棺木，還是切木頭做新的比較好。雖說這只是獨木舟，但島上連一艘船都沒有，也不方便吧。」

見「宇為子」不以為然，婦女們也困惑地面面相覷。

「我臨時有事得回同伴的船上一趟，能否借我一用？我馬上就歸還。如果肯幫我這個忙，我可以帶點東西回來。」

「如果，有穀物的話——」

一個女人畏畏縮縮地說，其他女人立刻跟著添話。

「如果有布能不能也給我們一點？什麼布都行。因為這個島越來越貧瘠。」

「那妳呢？」

問到最後一個人時，女人遲疑了半晌才回答：

「我想要你們坐的那種小舟。」

「那麼，就更加不能把獨木舟做成棺木了。」

聽到「宇為子」這麼回答，女人的表情更遲疑了。

在女人們的協助下，獨木舟下了海，終於成功出航。「宇為子」對停在外海的運貝船視若無睹，逕自朝著北方岬角單手划槳。海流洶湧，船很難順利前進。不過，幾乎就在天亮的同時，他終於抵達北方岬角。但沒看到夜宵的人影。該不會是在半路被逮到了吧？「宇為子」想到這裡，不免忐忑不安。

北方岬角是岩岸，無法停靠小舟。如果莽撞停靠，恐怕會被浪濤擊碎。正當他忙著四處尋找適當地點之際，朝陽已經升起。而夜宵，還沒出現。到了早上，島長他們八成會去網井戶檢查夜宵是否乖乖死掉了。如果她的脫逃東窗事發，恐怕小命不保。「宇為子」見夜宵遲遲未現身，直擔心她是否被抓到了。如果再繼續耗下去，運貝船就會派人到島上接他，到時「宇為子」沒回大船的事也會露餡。正當他提心吊膽之際，夜宵終於從林投樹叢中現身。夜宵看到「宇為子」似乎鬆了一口氣，抹去滿頭大汗。

「太好了。幸好還能再見到你。」

她赤裸的雙腳傷痕累累還流著血，不過成功脫逃的喜悅，令她兩眼發亮。「宇為子」伸出右手，但敏捷的夜宵，不待回應，就已躍入海中，自行游過來，抓住船邊。「宇為子」

把她拉上船，小舟登時劇烈搖晃。才剛平穩下來，渾身濕透的夜宵已迅速抓起另一根槳，開始划船。

「妳這樣穿著濕衣服會冷吧。」

「沒關係，我只想盡快離島。」

「妳放心，島上只有這艘小舟。」

聽到「宇爲子」這句話，夜宵總算安心地吐出一口大氣，仰望北方岬角。從海上看來，岬角形成險峻峭壁，處處綻放雪白的鐵砲百合。

「眞不可思議。我從來不曾從海上看過小島，原來是這種形狀啊，比我想像中還小。」

然後，夜宵正面直視「宇爲子」的面孔。

「說到這裡，你究竟是誰？」

「我叫做宇爲子。」

「你是從哪來的？」

「大和。」

「那是什麼地方？」

夜宵不停丟出問題。

「是個很美的地方，不過也有這裡沒有的毒物。」

聽到「宇爲子」的回答，夜宵把臉轉向升起的朝陽。她那濡濕美麗的小臉染上橙紅，令「宇爲子」目眩神迷地看直了眼。

「有毒啊。沒錯，有白晝就有黑夜，有陽就有陰。表與裡，白與黑。世界必須一分爲二。因爲，單憑一個生產不出任何東西。唯有二者合一互相襯托，才能產生意義。」

「了不起。這話是聽誰說的？」

「加美空大人。雖然最近她失去活下去的力氣，不過她跟我說了很多事。她那樣過世，實在令人很難過。」

大概是想起往事，淚水滑落夜宵的臉頰。

「加美空大人爲何要跳海呢？」

「我想，大概是再也受不了可怕的謊言欺騙吧。」

夜宵說著，臉色一暗。

「這話怎麼說？」

「加美空大人的丈夫，叫做眞人，以前一直告訴我他是我的大哥。可是據說，直到被黃蜂螫死之前，他才向加美空吐露種種祕密。他說，我是加美空的妹妹與眞人生的女兒。所以，我是加美空的外甥女，其實應該是『陽』。可是，眞人卻向島長宣稱我是他妹妹，也就是第二巫女家誕生的女孩，所以我變成了幽冥巫女。以前，我一直以爲成爲幽冥巫女是我的宿命，可是聽到加美空告訴我這件事後，我忽然再也忍不下去了。你肯救我，我眞的好高興。」

夜宵用手背抹去臉上的淚水。「宇爲子」握住夜宵的手，那隻手也被淚水沾濕。

「那妳的親生母親到哪去了？」

「我的母親，名叫波間。她是加美空的妹妹，所以屬於陰，是幽冥巫女。可是，她懷了我，所以跟我父親一起逃走了。聽說他倆就像我們現在一樣划船逃離小島。可是，我母親在船上生下我後，就死了。」

「是因爲難產？」

「不，好像不是。雖然我父親沒有交代得很清楚，但加美空懷疑，是我父親殺死了我母親。父親爲了跟加美空結婚，還有，爲了拯救海龜一族，很想帶著我回島上。如果那是眞的，冤死的母親，恐怕絕不會饒恕父親吧。」

「又是一個不饒恕對方的故事。」

「宇爲子」的自言自語，令夜宵不可思議地看著「宇爲子」的臉。

「你也有不可饒恕的事？」

「宇爲子」忙著尋找停在外海的運貝船，沒有回答。因爲他正在思考，如果娶了夜宵，伊邪那美會有何反應。當她發現「宇爲子」就是伊邪那岐，夜宵肯定會被殺死。難道就沒有什麼好方法可以阻止她嗎？

能不能去黃泉比良坂，和伊邪那美當面談談呢？可是，變成普通凡人的自己，或許已沒有那種能力了。只有凡人才能愛凡人，只有神才能擁有超越的力量。他該如何保護夜宵呢？

「宇爲子」望著夜宵拚命划槳的側臉，久久陷入沉思。

第五章　嗚呼噫歟，彼何好男

1

我在地下神殿漫無目標地走來走去，一邊祈求能夠除去夜宵的恐懼與她背負的邪穢。可是，我是死人。無能爲力的焦急與煩憂，令周遭的黑暗顯得更濃。伊邪那美神是對的。與其得知夜宵悲慘的命運，當初我根本不該變成什麼黃蜂。

杜子後面，可以看到眞人的魂魄佇立。徒具眞人外形的虛無魂魄，令我悲傷。與其說是悲傷眞人不記得自己殺害過我，或忘記他自己說過的謊言，更讓我悲傷的，其實是他讓我明白死者的空虛，並且，令我想起難以承受的痛楚。我們的女兒，身爲幽冥巫女，還在那座島上。得知我所詛咒的命運，竟由自己的女兒代爲承受，叫我如何保持平靜。況且，我又聽說，那竟是眞人爲了拯救他的家族，爲了與從小兩心相許的加美空結婚所造成的。就這樣，我的思緒不停打轉，最後化爲一股怨念。

我的怨恨，是死後才產生的，但我壓根兒沒想到，死者居然也有負面活力。我就是無法死心。我恨不能叱責眞人，爲何會變成這種局面。我本以爲我很理解伊邪那美神的心情，但眞正的怨恨，根本不是這種半弔子的情緒。當我得知眞人的背叛，我這才打從心底理解伊邪那美神的心境，並且，也理解了自己何以會身在黃泉國。

今天，眞人還是一樣表情灰敗，茫然凝視著黑暗。爲何會來到黃泉國，自己是什麼人，他大概還不明白吧。徘徊無助的可悲靈魂。未來永世，都只能死不瞑目含悲莫名的眞人。我多少覺得那樣的他跟我自己有點像。在我與眞人離開海蛇島時，做夢也沒想到竟有這樣的命運在等著我倆。

「眞人，你好。」

我一打招呼，眞人瞧也不瞧我便客氣回禮。在夜的黑暗中，他正拚命搜尋自己認識的面孔，宛如瑟縮孩童的寂寞眼神遊移不定。如果近看，會發現他的眉心有個小傷口，好像是我變成黃蜂螫出的傷口。我指著他的眉心問：

「你這裡是怎麼搞的？」

眞人赫然一驚，伸指輕觸傷痕，然後，滿臉困惑地回答：

「這個嘛，我也不知道。」

「好像有點腫，應該很痛吧。」

眞人用手摀住傷痕意圖隱藏。

「我不記得了。」

「不是被黃蜂螫的嗎？」

我猶不死心地追問。眞人如果完全想不起現世的事也就算了，但他記得的偏偏是錯誤記憶，令我很氣憤。看來自從我化身黃蜂去了一趟海蛇島後，好像變成邪惡的靈魂了。

「我不記得了，對不起。」

眞人痛苦地撇開臉。眞人連自己已成爲死人都沒發現，也失去了記憶，變成一個軟弱的男人。

我獨自先死的痛苦；擔心你們父女倆，爲了離開你們而傷痛的悲哀；獨自在無垠黑暗中哭泣，覺得索性毫無感情還好些的絕望。這一切你也該感受看看——我恨不得將所有的怨恨，狠狠砸向眞人。

「怎麼會不知道？你不是嫌我礙事，親手掐死了我嗎？而且，你還把我們的女兒謊稱爲妹妹，害她變成幽冥巫女。」

「妳說的都是眞的嗎？」

「拜託你別故作無辜問我是否眞的好嗎。你喜歡的是加美空，其實根本就沒喜歡過我吧？」

「加美空的確是我的妻子。對不起，我聽不懂妳的意思。」

「我是加美空的妹妹呀，我叫做波間。」

「印象中好像是有人叫這個名字，但我記不得了。」

「你和本爲幽冥巫女的波間一起逃離小島，然後你殺了波間，帶著你與波間生的夜宵折返島上，宣稱那是你的『妹妹』。你是個殺人凶手。」

眞人雙唇顫抖，看著我的雙眼。我的眼睛一定也和伊邪那美神一樣無神失焦吧。眞人彷彿看到不該看的東西，慌忙垂下眼簾。

「我誰也沒殺。我的確帶著嬰兒一起坐船回到島上，但我什麼也不記得了。」

「你說謊。夜宵這個名字就是我倆一起取的。」

只記得對自己有利回憶的眞人，彷彿失去自信，用雙手蒙住臉龐。這時，地下神殿的柱後，每個陰暗角落變得更暗，凝重得令人喘不過氣來。所有的幽魂，大概都很同情迷失自我的眞人，對於我徒有人形的邪惡感到憤怒吧。那種無人能夠理解的寂寥，令我深深感到孤獨。

「你死的時候，是什麼感覺？」

我又問。

「很痛苦。」眞人似乎想起死亡的痛苦，渾身哆嗦。「臉孔突然腫脹，眼睛也看不見，漸漸無法呼吸。我根本不知道發生了什麼事，只是直到嚥氣的最後一刻，都很痛苦。」

「活該。」

「是嗎？聽妳這麼說我很難過。」說著，眞人頹然垂落肩膀。

「你會來到這裡，是還有什麼遺憾嗎？」

「我不放心家人。爲了在貧瘠的島上設法活下去，我必須抓很多魚，以便交換白米才行。」

我對自己行爲的空虛、醜陋深深嘆出一口氣。就算要責怪眞人，他現在什麼也不記得了，怪他也沒用。那麼，我的怨恨又該如何發洩？我只想忘卻一切，做個遊魂。

「波間，原來妳在這裡啊。」

一個周身鑲著淡藍光芒的人影靠近，是伊邪那美神出來了。

「是，我在這裡。」

眞人畏怯地仰望伊邪那美神，試圖躲到柱後。他沒有肉體，所以無法強硬阻止他。我不再與眞人交談，轉而靜候伊邪那美神吩咐。

「妳剛才在做什麼？」

「我在責備眞人。」

伊邪那美神平時總是不悅地蹙眉，這時表情更不愉快了。

「波間，最近妳有點反常。那個男人根本不記得妳了。」

「伊邪那美大人，只要能讓眞人痛苦就好了，誰教他自己想不起來。」

我流下眼淚，透明的臉頰似乎罕有地發燙。我討厭待在這種猶如地獄的場所，忍不住脫口而出：

「待在這種鬼地方，我已經受夠了。」

說完，我才赫然一驚。掌管「這種鬼地方」的女神，正是伊邪那美神。

「對不起。」

我趴伏在地惶恐道歉，但伊邪那美神只是沉著臉，既沒有讓我起來，也沒有說話。

「撇開那個不談，我倒是有事找妳商量。」

伊邪那美神起身步向的，是她平時選定死者的辦公廳。伊邪那美神在御影石做的椅子落座。

「伊邪那岐好像在不久之前死了。」

我當場啞然。說到這裡才發覺，籠罩伊邪那美神全身的怒燄，今天看起來好像比較稀薄。不過，伊邪那岐是天神。天神也會完全死亡嗎？比方說伊邪那美神在死去後，現在不就這樣掌管著黃泉國，難道伊邪那岐神也來到黃泉國了嗎？不對，我曾聽說天神死了會去高天原。就這個角度而言，伊邪那美神是個孤獨的女神。

「伊邪那岐神死後，會變成怎樣呢？」

「不知道。伊邪那岐長年化身爲八岐那彥這個凡人的模樣。但，聽說他被年輕的侍從割喉而死。直到最後，都沒有復活。蒼鷹看到那一幕，據說對殺死他的男人展開報復，之後如何就不得而知了。」

「伊邪那美大人，伊邪那岐大人怎麼會死呢？他那個侍從想必特別有法力吧？」

「詳情我也不知道。」伊邪那美神支肘托腮倚著椅子扶手。「伊邪那岐或許已經活膩了。因爲這些年來，他永無止境地從一個女人換到另一個女人身邊，不斷生孩子。」

伊邪那美神的表情空虛。換做平時，現在應該開始處理選定死者的工作了，但她今天卻好像還提不起那個勁，從水井汲取的黑水也依舊裝在盤中，放在石頭地板上。

不意間，我察覺一樁可怕的事。我把自己困在對眞人的怨恨中，竟然渴望某人死掉。這樣，豈不是跟伊邪那美神被囚禁在黃泉國時的心情一樣嗎？怨念眞可怕。誰能替我撫平它？我用雙臂緊抱自己的身體爲之戰慄。

「我想請求您，伊邪那美大人。我雖然死不瞑目，但是請讓我變回普通遊魂好嗎？我想消失在那片黑暗中，悄無聲息地度日。我連眞人都不想看到。請讓我忘記一切，平穩地做個安靜的遊魂吧。我已受盡痛苦折磨了。」

見我趴伏在她腳邊請求，伊邪那美神抬起憂鬱的臉。

「波間，妳所謂的痛苦是什麼？」

「跟伊邪那美大人一樣，是怨恨與憂愁。對眞人的怨，對女兒命運的憂。我不知道該如何撫平這兩種情緒。想必伊邪那美大人也不知道，所以請您把我變回普通的死人吧。我想做個黑暗中的遊魂。」

「我還以爲波間妳能夠理解我的痛苦。」

「您太高估我了。我這種人，只不過是個善妒的平庸女子。」

我與伊邪那美神之間，陷入一種冰凍的沉默。既然有膽說出這種話，就得有接受懲罰的心理準備。我趴伏在地，心裡暗忖那個懲罰若是眞正的死亡該有多好啊。

「有個加美空，是妳那個島上的白晝巫女的名字吧？」

伊邪那美神說出一個出乎意料的名字，我不由得抬頭。

「對，加美空是大我一歲的姐姐，加美空怎麼了嗎？」

「加美空好像也死了。」

我有點難以置信。我那美麗的姐姐，總是氣宇堂皇，威嚴十足，不論叫她做什麼都能表現得出類拔萃的大巫女加美空。也難怪眞人會喜歡她，她是島上最出色的女人。

「她怎麼會死？」

「聽說是從崖上跳海。」

我吐出一口大氣。

「是我害的。一定是因爲我殺了眞人，所以她才會不想活了。」

「是誰害她變成怎樣，這種事多想也沒用。」

伊邪那美神一臉厭煩地說。可是，我很擔心，加美空死了，這表示夜宵應該也得死。夜宵會抱著什麼想法迎接命運呢？我鼓起勇氣，向伊邪那美神問道：

「那麼夜宵怎麼樣了？」

「那個我也不知道。不過，她的魂魄好像還沒來報到，所以也許她死得心滿意足，總之我不清楚。」

我聽了總算略感安心。不過，我化身成黃蜂引發的小事，居然釀成軒然大波，改變了全島居民的命運。因爲加美空之所以自殺，八成是眞人的猝死令她感到世事無常吧。

「伊邪那美大人，我有事想求您。」

我的請求，令伊邪那美神轉過頭來。我感到伊邪那美神也流露出失去目的的空虛表情。伊邪那美神斷然表明：

「波間，要讓妳變回普通遊魂，絕對辦不到。」

「我不是求那個。」

「不然是什麼？」

伊邪那美轉身面對我，於是我淸淸楚楚地說：

「選定千名死者的工作，請交給我負責。」

伊邪那美神的單邊臉頰似乎浮起嘲弄的笑。她大概很想說：妳只不過是個凡人。而我，又再次請求：

「伊邪那美大人的工作請交給我這個巫女代勞。您放心，做法很簡單對吧。只需從地下神殿的水井汲取黑水，灑在地圖上。就這麼簡單的動作，便可在每日賜死千人。」

區區一個伊邪那美神，沒什麼好怕的。因為在這神殿，對我來說，早已沒有任何懲罰足以匹敵看到眞人的痛苦。

「妳想當神嗎？波間。做我的工作，也就等於當神。」

伊邪那美神用凍結如冰的聲音說，那是我從未聽過的低沉嗓音。我拚命搖頭。

「不，我只要當巫女就好。伊邪那美大人，請對波間下達命令吧。伊邪那美大人想必也累了，所以就讓波間來決定千名死者吧。最理解伊邪那美大人的，就是我，所以這點小小的心願，您應該不會吝於成全吧。」

這是何等不遜的說話態度啊。話剛說完，這連我自己都沒預期到的造反，就令我的心嚇得縮成一團，但伊邪那美神只是默默傾聽。

加美空的死，或許會令夜宵也很快來到這個國度。可是，夜宵也跟眞人一樣，對我毫無所悉，她將會變成虛無的遊魂四處飄蕩，令我痛苦。我這一生是白來一趟了。感受到這點，令我痛苦難當。

「拜託，我求您。伊邪那美大人，請成全我。」

我在伊邪那美神面前再次伏身行禮。

「好吧，妳過來。」

伊邪那美神率先起身，走到世界圖前面。僕人準備好的黑水碟子，兀然放在地板上。

「來吧，波間。灑下黑水，扼殺一千個凡人吧。」

伊邪那美神說著，把裝有黑水的碟子交給我。伊邪那美神與伊邪那岐神之間的戰爭，衍生出千名凡人的死亡。那純粹是男人想逃離死之邪穢而結的怨。我想灑水，卻怎麼都辦不到。一想到只要隨手一揮就是千人性命，我實在做不到。我的心是多麼怯懦啊。

我心一橫，索性喝下黑水。但，只有魂魄的我無法喝水，水滴滴答答地自嘴角滴落，漸漸染黑我的身體。我想起美空羅大人說「因爲妳是不潔的」的聲音，以及被自己的淚水弄髒的裸足。我壓根兒沒想過會死，因爲，我已死過一次。可是，我不知道到底該怎麼做，才能逃離這種痛苦。

「波間，妳做不到吧？」

伊邪那美神的聲音傳來。頹然倒在石頭地板上的我，赫然一驚地起身。伊邪那美神就站在我的身邊。

「對不起。」

「不把人命放在眼裡的是神。妳是凡人，所以還是會膽怯吧。神與凡人不同。我的痛苦，終究是和妳的痛苦不同。」

「那麼，伊邪那美大人的痛苦是什麼？」

我不遜地問。

「是身爲女神。」

伊邪那美神說得明白，然後便命僕人重新去汲取井水。之後，她毫不猶豫地把水灑遍各處。雖然伊邪那岐神早已不在人世。

我俯視自己被黑水弄髒的身體。身爲女的天神，到底必須背負什麼痛苦呢？是因爲還留著女人心，卻得扮演奪走人命的神嗎？抑或是因爲身爲奪走人命的神，同時卻得以女人的身分產子？我這個凡人的痛苦，和伊邪那美神的痛苦比起來，果然還是有天壤之別，我深深反省自己的混亂心緒，爲之沮喪。

我已完全意志消沉。魂魄不會生病，但我開始渴望像眞人一樣，忘記痛苦，做個遊魂。我既沒去服侍伊邪那美神，也不再去見眞人，只是獨自在黑暗的黃泉國四處徘徊。我一心只想溶入黑暗中。

某日，我像往常一樣走在黑暗的甬道，忽覺一陣冷風掠過臉頰，我不禁轉頭。在黃泉國，絕對不會有風。沒有什麼空氣氣流，只有污濁的空氣在四處沉澱、淤積、凝滯地款款搖曳。可是，現在卻感受到風，令我極爲不可思議。

「波間。」

稗田阿禮熟悉的聲音響起。

「阿禮，妳幾時回來的？」

稗田阿禮氣喘噓噓地匆匆走來。

「波間，妳好。我才剛回來。我在旅行大和國的途中，被人一腳踩死了。螞蟻的性命眞的很藐小，而且，我死了以後，還被人當成男人呢。」

稗田阿禮就算死了還能說話，一定很幸福吧。她看起來氣色很好。

「波間，地下神殿有個陌生男人，他該不會就是妳丈夫吧？那個人就像海幸彥、山幸彥⑮一樣耶。妳還記得嗎？火遠理命的那首歌。」

⑮譯註：日本神話，山幸彥（火遠理命）用獵具與兄長海幸彥（火照命）交換釣具去釣魚，不慎遺失釣針，在鹽椎神的指點下，前往龍宮，與海神之女豐玉姬成婚，得到釣針與潮盈珠、潮乾珠，得以制服兄長。

稗田阿禮當下就想引吭高歌，但我垂落視線。我知道這樣很失禮，可是一扯到眞人，我就怎麼也輕鬆不起來。這時稗田阿禮忽然露出驚疑不定的表情。

「不得了，這可是大事。我得趕緊報告伊邪那美大人。」

「出了什麼事？」我問。

稗田阿禮語出驚人，「黃泉比良坂的巨岩正被大批水手搬動。可能很快就會挪出可容一人通過的空間，所以或許會有人闖進來。」

當初伊邪那岐神分隔這個世界和人世的巨岩，現在居然正被凡人搬動。號稱集千人之力也搬不動的巨岩，要怎麼移動？我驚愕地說：

「我曾聽說，在凡人看來，地下神殿只不過是一座巨大的墳墓。」

「即便如此，還是有人會進來。因爲凡人充滿好奇心。妳猜，那人會是誰？」

阿禮興高采烈地說。過去來過黃泉國的，據說只有伊邪那岐神一個。可是，伊邪那岐神是男神。凡人無論是誰，都畏懼地下的巨大墳場，只會慶幸已被巨岩堵塞，絕不可能主動接近。

2

自遙遠彼方，一小團光暈晃動著徐徐靠近。看樣子，生者終於踏進了不該侵入的場所。在生者看來，我與伊邪那美神的身影，似乎只是比流螢更微弱的光，其他的遊魂，則是溶入黑暗中完全看不見。不過，對於有勇氣走下地底墳場的凡人來說，或許能感受到擠滿死者幽魂、濃得令人喘不過氣的黑暗。

不過話說回來，地盤被人侵犯的伊邪那美神，面對厚顏冒犯的生者，會發多大的脾氣呢？我感到很不安。說不定，她會令神殿的天頂塌下，把人困在這裡。這個有勇氣的侵入者會是什麼樣的人呢？

遠方，男人的聲音響徹四周。

「伊邪那美，如果妳在，就請妳回個話好嗎？我是伊邪那岐。」

怎麼會這樣。不是凡人，居然是應該已經死去的伊邪那岐神再次來訪。伊邪那美神當下反射性地仰身，倉皇失措。

「伊邪那美，妳在哪裡？」

「我在這裡。」

伊邪那美神的聲音細細顫抖。這也難怪。因爲將近千年前，在黃泉比良坂被休離，互相用怨言攻擊的對象，現在再次出現了。這兩位天神，現在終於要面對面了。

神殿裡，盈滿微暖的光，是粗大火把散發的火光。隱約照亮地下神殿的是人的磷火，所以是淡藍色的。手持火把而立的，是個意外年輕的男子。男子有著一具肌肉尚未糾結隆起、修長勻稱的身材。他沒有梳角髮，只把長髮綁成一束用皮繩紮起。右臂套著貝環，身穿白色短衣。腰間插著長劍，但是也有我們島上漁夫那種大海的氣味。

「伊邪那美，我是伊邪那岐。」

「你的長相不一樣。」伊邪那美神的聲音依然帶著顫抖。「我所知道的伊邪那岐神，是個更壯碩更年長的人。不過，我還是得讚美一聲『嗚呼噫歟，彼何好男』。」

自稱伊邪那岐神的青年好像笑了一下。驀地，我發覺他該有左手的地方少了一截。

「伊邪那美不肯現身跟我見面嗎？」

年輕男人一臉落寞地說。

「咦，你看不見我？」

伊邪那美神面露驚訝。

「看不見。」

「你眞的是伊邪那岐？」

對於這種懷疑的態度，年輕男人是這麼回答的：

「是的。我已轉生爲壽命有限的凡人，再過幾十年就會死，到時候說不定會來這黃泉國報到。我已主動捨棄天神之身了。」

「爲什麼？」

「我無法忍受再繼續看著妻子死去，所以，我來道歉。」

伊邪那美神對伊邪那岐這番意外之言長嘆一口氣。頂著青年外貌的伊邪那岐神，屈膝跪倒在地下神殿冰冷的石板上，額頭貼地。

「伊邪那美，是我錯了。妳爲了生產送命，我卻不懂得體貼，只憑自己一腔悲痛貿然行動，實在是膚淺愚蠢自以爲是的男人。所以，我不做神了。我已不再是神，所以請妳別再扼殺我的妻子。不，不只是我的妻子，也請妳別再奪走千條人命。」

「那麼，我問你，你會放棄建造產房嗎？」

「換言之，妳是問我還會不會繼續迎娶新妻？若是擔心這個，我再也不會了。我已轉生爲十九歲的男子，得到年輕的妻子。爲了和她長相廝守，我想向妳道歉。」

「你在哪娶到她的？」

伊邪那美神的話說得很平靜。或許是伊邪那岐神轉生爲年輕男子，令她得以冷靜。

「海蛇島。我娶了島上的幽冥巫女夜宵。」

怎麼會這樣。夜宵獲救，居然成了伊邪那岐神的妻子。我不由得湧起一陣狂喜，但立刻轉而擔心起伊邪那美神的心情，不由得悄悄瞥向她的臉。我的心很亂，自從伊邪那美神說她的痛苦是來自「身爲女神」那句話後，我對伊邪那美神比以前更尊敬，也更加同情她。

沒想到伊邪那美神是這樣說的：

「噢？那倒是奇遇。那個女孩的母親就在黃泉國，現在負責伺候我。要奪走那孩子的性命，我恐怕也難以下手。」

我還來不及驚慌地替夜宵乞命，伊邪那岐神已開口說：

「伊邪那美，算我求妳，請妳饒夜宵一命好嗎？我已不再是神，變成了肉身凡人，所以請妳放過她吧。」

「那麼，你能拿出什麼來交換夜宵的命？」

我提心吊膽地聽著兩人對話。

「我的有限生命不行嗎？說到這裡，伊邪那美，我很想看看妳的模樣，妳能讓我看看妳嗎？」

「那就請你再次成爲男神。」

伊邪那美神用冰冷的聲音說。

伊邪那岐神以年輕人特有的靈敏動作四下張望，最後如此高叫：

「火要熄了，我也差不多該走了。否則等到四下一片漆黑，現在的我恐怕無法離開這裡。伊邪那美，我們恐怕不會再見面了。如果還有見面的機會，那應該就是我死的時候。我不知道那時會是什麼情況，所以趁現在先向妳道別吧。」

就在這時，伊邪那美神走近伊邪那岐神身旁，呼地吐出一口氣。女神的一口氣，彷彿要吹熄微弱的燭燄，登時令粗大火把的火光熄滅了。溫暖的強光驟然消失，感覺上黑暗似乎變得更濃密了。

「這是怎麼回事？」

伊邪那岐神慌張的聲音傳來。他自懷中取出打火石之類的東西摩擦，但是少了左掌，似乎很不方便。

過了一會兒，伊邪那岐神用苦惱無助的聲音說：

「伊邪那美，我求求妳，請妳點燃火把好嗎？我什麼都看不見。」

「你可以像很久以前看到我的腐屍時那樣，折斷角髮上的梳子梳齒，拿來點火照明呀。」

伊邪那美神用不懷好意的語氣調侃他。

「伊邪那美，那種事我已經做不到了。我現在沒有角髮，況且妳也看到了，我頭上沒有插梳子。最重要的是我沒有火種。」

伊邪那岐神不悅地說。

「喲，連那點小事都辦不到了嗎？看樣子，你眞的變成凡人了。」

伊邪那美神帶著嘆息的冰冷聲音響起。

「是的。求求妳，伊邪那美。妳如果不幫我點火，現在的我就出不去了。」

伊邪那岐神的聲音聽起來比之前虛弱。闃黑中暗影幢幢，散發出一種足以用刀刃切割的質感。在我們這邊，可以看見伊邪那岐神撞上神殿巨柱，慌亂地在地上到處亂爬的模樣，可是伊邪那岐神卻完全看不見我們的身影。面對伊邪那岐神的驚惶失措，伊邪那美神接下來究竟有何打算呢？我不禁忐忑不安。

「伊邪那美，這是妳的報復嗎？」

伊邪那岐神怒吼。

「不，這算不上什麼報復。黃泉國是陽壽未盡的凡人絕對不可踏入的國度，你已成爲凡人，卻違背了這個禁令。跟以前一樣，你還是這麼任性妄爲，總是只想到你自己，毫不客氣地破壞其他世界的秩序。我身爲天神，是在懲罰你這個凡人。」

伊邪那美神如此說道。這不是報復而是懲罰。我抱著必死的決心，斗膽向伊邪那美神進言：

「伊邪那美大人，伊邪那岐大人已成爲凡人，選擇了壽命有限的肉身，同時，也成了我的女婿，還請您開恩原諒他。」

伊邪那美神低聲笑了。

「壽命有限的肉身是怎麼一回事，那個男人還不明瞭。趁此機會，不妨讓他好好領教一下。」

可是──我才開口，伊邪那美神就毫不留情地駁回：

「如果妳眞的這麼堅持，那妳自己去救他好了。妳不是很想模仿女神的工作嗎？去呀，妳去幫他。」

「我做不到。」我搖頭。

「爲什麼？」伊邪那美神全身染成青色，面目猙獰地逼近我。「妳爲什麼做不到？」

我嚇得渾身哆嗦，但還是勉強回答：

「因爲我只是一縷幽魂。」

「不准妳再模仿神的行爲！」

凡人與神不同。神發怒時有多可怕，我這下子是深刻體會到了，我只能伏身跪倒。

「伊邪那岐，你想救夜宵，就拿你自己的命來換吧。」

伊邪那美神用嚴厲的聲音說道。夜宵能夠保命令我鬆了一口氣，但我也很同情伊邪那岐神的悲慘命運，所以我只能不發一語地垂著頭。伊邪那美神是多麼殘酷的女神啊！然而，伊邪那美神的怒火有多猛，悲愁有多深，或許我還不明白。至於伊邪那岐神，他被黑暗嚇得又哭又叫，眼看著越走越往裡深入。伊邪那美神也無意救他，只是從容尾隨在他身後，默默看著他。許多遊魂跟著伊邪那岐神，喧嚷地移動。過了一會兒，伊邪那岐神似乎絕望了，在黑暗中一屁股跌坐在地。

幾天後，伊邪那岐神闖入形成死巷的墓室，終於倒地不起。他在黑暗中兀然瞪大雙眼，試圖抓住虛空，但手卻力氣用盡垂落地上。幾天來沒吃沒喝，他已快要死了。我想從背後抱緊伊邪那岐神的身體，至少可以讓他在斷氣時不會太痛苦。沒想到，令人驚訝的是，從背後支撐我身體的，竟是眞人。雖然現在我們既感受不到肉體的重量，也無法互相碰觸，只剩下魂魄，但我想起在那艘小舟上我們曾是幸福的。當時我抱著小小的夜宵，眞人從後面抱著我們母女。現在，我與眞人，不就把這個愛上夜宵的男人，當成親生孩子悄悄抱在懷裡嗎？我的臉頰再次滑過淚水般的冰涼液體。

「眞人，你不記得在小舟上的事了？我是波間呀。」

我不假思索地轉頭說。

「波間。」眞人咕噥一聲。

「我們就是這樣在小舟上度過無數個夜晚。我抱著剛出生的夜宵，而你從我身後抱著我。」

「啊，我想起一點了。妳嚷著不安，就這麼死去。那是遙遠往昔，甚至像是我出生前的前塵往事。有時我以爲那是夢。」

「是你殺了我吧？爲什麼？」

「不是。」眞人低聲否認。

啊，眞相無從查明。但是，只剩下魂魄的我，竟感到背上傳來眞人的體溫。頓時，本來充斥在我體內猶如冰冷石塊的疙瘩，似乎溶解釋出了。和伊邪那美神比起來，我終究是個徹頭徹尾的凡人。

試圖支撐伊邪那岐神的，不只是我倆。伊邪那岐神置身的墓室，擠滿了仍保有生前形貌的幽魂和沒有形貌的魂魄，一同守望著伊邪那岐神。

伊邪那美神走出居室，來到瀕死的伊邪那岐神面前。

「伊邪那岐，你好像快要斷氣了呢。我會在這個黃泉國等你。凡是死不瞑目、心有遺憾的人，全都會來到這位於地底的死者之國，到時候我們就可以在一起了。」

這時，伊邪那岐神在黑暗中微微一笑。然後，一邊痛苦地喘息，一邊如此說道：

「親愛的伊邪那美啊，我毫無遺憾。我接受一切，活得很充實，所以已經心滿意足了。我也見過許多美好的女子，我愛那些女子，也被她們所愛。伊邪那美，我也喜歡過妳。想到這下子能夠經歷死亡我很高興，因爲我終於能夠與妳有相同的經驗了。不過話說回來，伊邪那美啊，我愛過的女人有誰在這裡嗎？想必應該誰也不在吧。沒有一個女子是心有不甘抱憾而終的。」

「那麼，我又該怎麼說呢？說我是因爲抗拒一切嗎？我也接受一切卻置身此地。難道我就得永遠被視爲邪穢嗎？」

伊邪那美神似乎很憤怒。這時，伊邪那岐神把他那看不見的雙眼，轉向聲音傳來的方向。

「妳是女神，怎麼可能是邪穢。如果過去抗拒了一切，今後只要一一拯救死不瞑目的幽魂就好了。這樣一來，想必會從中產生什麼吧。」

「伊邪那岐，你太天眞了。」伊邪那美神高聲大笑。「你用不著敷衍我了，就算我是邪穢之身也無所謂，反正我誰也不救。在這裡，大家都只能永遠死不瞑目地倉皇徘徊。死者的怨言之中能產生什麼？請你別說那種孩子氣的話了。但想必還是必須有人接受邪穢，所以只要在邪穢之中勇往直前，或許可以發現什麼不一樣的東西。但那已經與你無關了。」

「親愛的伊邪那美，妳很堅強。」

伊邪那岐神露出微笑，然後，在嘆出一口長氣後，便過世了。屍體在黑暗中保留了一陣子，最後就如冰雪融化般漸漸消失。大概是被移往心滿意足的死者居住的場所了吧。我們這些幽魂，只能在心中流著流不出的淚水默默嘆息。爲了那終於消失的威武之神伊邪那岐，同時，也爲了深愛伊邪那岐神、展現女神權威的伊邪那美神。他倆，終於面臨眞正的訣別了。

好一陣子，伊邪那美神就這麼凝望著伊邪那岐神消失的那塊虛空，最後她低語道：

「波間，做今天的工作吧。」

「伊邪那美大人，伊邪那岐大人都已經死了，還要選定千名死者嗎？」

我以爲已經沒那個必要了，結果我這麼一問，伊邪那美神竟露出意外的表情。

「我贏了伊邪那岐。伊邪那岐敗在喪失親人的痛苦之下。但是，我的規矩不變。我是賦與凡人死亡的女神，所以我要繼續工作。」

說著，她像平日一樣走向辦公廳。不知怎地，我卻躑躅不決。伊邪那美神轉過身，看著我遲疑的臉。

「波間，妳的怨恨消失了嗎？」

「我不知道。伊邪那美大人您的怨恨呢？」

「怎麼可能消失。謳歌生命美好的人，怎麼可能理解被放逐到黃泉國的人作何感想。

今後我還要繼續怨尤憎恨殺盡一切。」

自伊邪那美神的全身散發出青白色的怒燄。伊邪那美神是在氣惱伊邪那岐神變成凡人。察覺到這點的我，當下萬分恐懼。伊邪那美神在長年選定死者的過程中，大概已成爲眞正的女神了。換言之，也就是眞正的破壞者。至於破壞之後會有什麼再生，在伊邪那岐神已死的現在，或許那將成爲伊邪那美神的工作。神完全接納我們的欲望與不潔，背負過去，是永遠不變的存在。我打從心底畏懼伊邪那美神，我如此說道：

「伊邪那美大人，今後我也會追隨在您身邊效命。」

這，就是伊邪那美神的故事。伊邪那美神至今依然是黃泉國的女神。在伊邪那美神的周遭，恐怕唯有死不瞑目的死者永無止境的呢喃絮語，會不斷地累積再累積吧。但是，那種東西美麗澄澈，縹緲如塵。若問是否如伊邪那岐神臨死前所言，從中產生了什麼，並沒有。同時，伊邪那美神也依舊日日選定千名死者。

曾是幽冥巫女的我，有時也會覺得，過去我在生者世界無法達成的，如今透過這樣伺候伊邪那美神已經達成了。之前我也說過，唯有伊邪那美神，才是女人中的女人。伊邪那美神遭受的考驗，也正是世間女子的遭遇。

頌揚女神吧，我在黑暗的地下神殿中如此暗自吶喊。

本書爲全新撰寫的作品。文中關於《古事記》的記述，係參照《*Beginners' Classics* 古事記》（角川書店編・角川Sophia文庫，由武田友宏以現代語譯寫）。

國家圖書館出版品預行編目資料

女神記　/ 桐野夏生 著;
劉子倩譯. — 初版. — 臺北市 :
大塊文化，2010.10
面 ;　公分. —（to ; 67）
譯自 : The Goddess Chronicle

ISBN 978-986-213-185-5（平裝）

861.57　　99007424

10550 台北市南京東路四段25號11樓

廣　告　回　信
台灣北區郵政管理局登記證
北台字第10227號

大塊文化出版股份有限公司　收

地址：□□□□□ ＿＿＿＿＿市／縣＿＿＿＿＿鄉／鎮／市／區

＿＿＿＿＿路／街＿＿＿段＿＿＿巷＿＿＿弄＿＿＿號＿＿＿樓

大塊 LOCUS 文化

編號：TT067　書名：女神記

大塊 LOCUS 文化 **讀者服務卡**

謝謝您購買本書！

如果您願意收到大塊最新書訊及特惠電子報：

一 請直接上大塊網站 locuspublishing.com 加入會員，免去郵寄的麻煩！

一 如果您不方便上網，請填寫下表，亦可不定期收到大塊書訊及特價優惠！
請郵寄或傳真 +886-2-2545-3927。

一 如果您已是大塊會員，除了變更會員資料外，即不需回函。

一 讀者服務專線：0800-322220；email: locus@locuspublishing.com

姓名：＿＿＿＿＿＿＿＿＿＿＿＿＿＿＿＿＿＿＿＿＿＿＿姓別：□男　　□女

出生日期：＿＿＿年＿＿＿月＿＿＿日　　聯絡電話：＿＿＿＿＿＿＿＿＿＿＿

E-mail：＿＿＿＿＿＿＿＿＿＿＿＿＿＿＿＿＿＿＿＿＿＿＿＿＿＿＿＿＿＿＿

您所購買的書名：＿＿＿＿＿＿＿＿＿＿＿＿＿＿＿＿＿＿＿＿＿＿＿＿＿＿＿

從何處得知本書：

1.□書店　2.□網路　3.□大塊電子報　4.□報紙　5.□雜誌
6.□電視　7.□他人推薦　8.□廣播　9.□其他

您對本書的評價：
（請填代號　1.非常滿意　2.滿意　3.普通　4.不滿意　5.非常不滿意）
書名＿＿＿＿內容＿＿＿＿平面設計＿＿＿＿版面編排＿＿＿＿紙張質感＿＿＿＿

對我們的建議：＿＿＿＿＿＿＿＿＿＿＿＿＿＿＿＿＿＿＿＿＿＿＿＿＿＿＿＿＿

LOCUS

LOCUS

LOCUS